大学生经典阅读解题式导读丛书

走进《简·爱》

吴　磊　编著

苏州大学出版社

图书在版编目(CIP)数据

走进《简·爱》/吴磊编著. —苏州：苏州大学出版社，2019. 3
（大学生经典阅读解题式导读丛书）
ISBN 978-7-5672-2253-3

Ⅰ. ①走…　Ⅱ. ①吴…　Ⅲ. ①长篇小说-文学欣赏-英国-近代-高等学校-教材　Ⅳ. ①I561.074

中国版本图书馆 CIP 数据核字(2018)第 264313 号

走进《简·爱》
吴　磊　编著
责任编辑　史创新

苏州大学出版社出版发行
（地址:苏州市十梓街 1 号　邮编:215006）
宜兴市盛世文化印刷有限公司印装
（地址:宜兴市万石镇南漕河滨路 58 号　邮编:214217）

开本 880mm×1230mm　1/32　印张 5.25　字数 147 千
2019 年 3 月第 1 版　2019 年 3 月第 1 次印刷
ISBN 978-7-5672-2253-3　定价:15.00 元

苏州大学版图书若有印装错误，本社负责调换
苏州大学出版社营销部　电话:0512-67481020
苏州大学出版社网址　http://www.sudapress.com
苏州大学出版社邮箱　sdcbs@suda.edu.cn

《大学生经典阅读解题式导读丛书》

编 委 会

编者的话

在历史长河中积淀而成的经典书籍，指示着人类精神文化的基本走向。阅读经典，对于塑造灵魂、启迪智慧、陶冶情操、提升斗志、丰富生活具有不可替代的作用。常熟理工学院立足大学教育本位，于2015年启动大学生经典阅读工程，本着经典性、思想性、普适性和可拓展性原则，初选了30本涵盖文学、历史、哲学、政治、社会学、法学和教育学等领域的经典书籍，引导大学生开展课外阅读。我们期望通过经典阅读，学生的精神素质得到逐步提升；以经典阅读完善学生人格，让经典阅读成为校园生活不可或缺的部分。为了让学生更好地阅读并理解经典书籍，我们组织编写了"解题式导读丛书"。本丛书是在经典阅读考试系统题库的基础上编写而成的，旨在帮助学生通过解题式阅读加深对经典原著的理解，全面准确地把握经典原著的知识体系。当然，解题式导读只是帮助学生完成对经典原著的识记任务，它不能直接承担起帮助学生对经典原著的理解、运用和批判任务。但是，识记作为基础性的认识活动，是理解、运用和批判的前提，没有识记性认识，高一级的认识则无从谈起。从这个意义上说，解题式导读和解题式阅读是很有意义的。我们相信，丛书的编撰和出版，必将推动大学生经典阅读走向深入，从而推动校园文化建设，提高学校的文化格调和文化品位。我们相信，经过我们的努力，经典性、科学性、时代性、开放性一定会成为大学的基本品格，"爱读书、读好书、善读书"一定会成为大学生的基本特征。

目　录

阅读指导

《简·爱》是19世纪英国著名女作家夏洛蒂·勃朗特的代表作，自1847年首次出版至今，依然作为经典名著畅销全球，是女性文学的代表作品。自1935年第一个译本面试以来，中国大陆已有多达几十个《简·爱》译本。本书选用的是译林出版社出版的黄源深翻译的版本。

《简·爱》是一部自传成分很浓的小说，主人公以及书中其他许多人物的生活环境，甚至许多生活细节都取自作者及其周围人的真实经历。为了更好地认识这部作品，首先应对作者夏洛蒂·勃朗特有所了解。

夏洛蒂·勃朗特与两个妹妹艾米莉·勃朗特和安妮·勃朗特，在英国文学史上有"勃朗特三姐妹"之称。夏洛蒂于1816年出身于英国北部的一个乡村牧师家庭。她母亲早逝，好在父亲学识渊博，常常教子女读书，指导他们读书看报，使他们从小就对文学产生了浓厚的兴趣。8岁时，她和家里的其他孩子就相继被送入一所寄宿学校。那里的生活条件极其恶劣，孩子们终年无饱食之日，还要遭受体罚。夏洛蒂的两个姐姐第二年便因染上肺病而先后辞世。随后，夏洛蒂和妹妹回到了家乡，荒凉的约克郡山区。在这个孤寂的村落里生活，唯一能慰藉他们的就是写作。夏洛蒂14岁时已经写了许多小说、诗歌和剧本，为她以后在文学上的成功做了充分准备。

15岁时，夏洛蒂进入了伍勒小姐办的学校读书。毕业后又在这个学校当教师谋生。其间，她坚持写作，并把其中的一部作品寄给桂冠诗人罗伯特·骚塞，而得到的回复却是："文学——不是妇女的事业，也不应该是妇女的事业。"这一评价虽然让她很伤心，但并没有使她放弃写作。

夏洛蒂离开学校之后做起了家庭教师，但因不能忍受贵妇人、阔小姐们对家庭教师的歧视和刻薄，便放弃了这一谋生之路，打算与妹妹艾米莉自办学校。为此，她们在姨母的资助下一起去布鲁塞尔进修法语。

她仅用一年的时间，就掌握了法语基础知识，并阅读了大量法国文学名著。在这期间，夏洛蒂偷偷爱上了她的法语老师，无奈对方是一位有妇之夫。夏洛蒂终止了学业，回到故乡筹办学校，最终由于没有人来报名就读，学校没能办成。但是这段学习经历激发了她表现自我的欲望，促使她投入文学创作的事业中。

1845 年，夏洛蒂和两个妹妹合出了一本诗集，署名分别用了三个假名：柯勒·贝尔、埃利斯·贝尔和阿克顿·贝尔。虽然诗集的销售很不理想，三姐妹的创作热情却空前高涨。夏洛蒂花了将近一年时间完成长篇小说《教师》，妹妹艾米莉和安妮分别写了长篇小说《呼啸山庄》和《艾格尼斯·格雷》。其中，两个妹妹的作品被接受出版。之后，夏洛蒂很快又完成了另一部作品，即《简·爱》，同样署名柯勒·贝尔。这部作品受到了出版商的青睐，于 1847 年出版问世并引起轰动。

勃朗特一家终于因为三姐妹文学创作上的成功迎来了欢乐。但是很快厄运再一次到来，不幸之事接连发生——夏洛蒂的弟弟以及两个妹妹相继患病去世。失去家人的悲痛使夏洛蒂唯有投身写作排遣痛苦，她的另一部长篇小说《谢利》于 1849 年出版，再次获得巨大成功。1853 年又出版了《维莱特》。

1854 年，38 岁的夏洛蒂与一位牧师结了婚，但就在婚后 6 个月的一天，她和丈夫到荒原深处看山涧瀑布，归途中遇雨受寒，此后便一病不起。1855 年 3 月 31 日，39 岁的夏洛蒂离开了人世。

《简·爱》是夏洛蒂创作的第二部小说，通过叙述一个出身寒微的年轻女子的奋斗经历，深深地打动了读者。小说于 1847 年秋天发表，随即在次年相继两次再版。这位名不见经传的作者由此进入了英国著名小说家的行列。小说为英国文坛塑造了一个不朽的妇女形象——简·爱，她虽出身低微、一贫如洗、其貌不扬，却敢于反抗压迫和偏见，敢于争取自由和平等，其自尊自强的性格、对纯洁爱情的追求，无论当时还是现在都有着深刻的现实意义。

1. 改变命运的知识力量

简·爱自幼父母双亡，在缺乏亲情和母爱的家庭氛围中长大，是什么使她坚强地生存下来并形成了健康的心理机制？书籍的力量是不可替代的，正是知识的力量支撑着她在困境中自强自立。在盖茨黑德府，当里德太太把她隔离起来，一本《英国鸟类史》将她深深吸引，让她忘记了痛苦。她对海鸟搏击冰雪的插图百看不厌，因为她已经把自己当成了勇敢的海鸟，要与冷酷的舅妈和凶残的表兄反抗到底。当她从红屋子出来，身体和精神都极度虚弱，仿佛对一切失去了兴趣，但是一本《格列佛游记》又引发了她强烈的兴趣，怪诞的故事情节使她完全将烦恼抛之脑后。在罗沃德学校，生活艰苦，校规苛刻，但简·爱渴求知识的强烈愿望让她很快适应了学校的生活。她在这里当了六年学生、两年教师，不但能教授各种课程，还学会了法文、绘画和音乐。简·爱用知识充实自己的大脑，努力让自己成为一个拥有丰富内涵的人。简·爱喜欢读反映奴隶和奴隶主对抗关系的《罗马史》，这些书帮助她树立起爱憎分明、勇于反抗的精神。在桑菲尔德庄园，简·爱虽然只是一名贫穷卑微的家庭教师，但多年的教育和自学已经让她成为一名有思想、有个性、有追求的知识女性，这正是她能与学识广博的罗切斯特先生平等交流并相互吸引的基础。

2. 自尊自强的人格魅力

简·爱一生一波三折，却从不轻易放弃。她不断向命运挑战，为追寻理想而生存。自尊、自爱、自强、自立、敢于抗争、追求幸福是她最大的人格魅力。她具有自觉和强烈的独立生存意识，时刻准备为自己诚实的本性、自由的意志和独立的人格付出巨大代价。在她幼年的时候，面对舅妈及表兄妹的粗暴和不公，孤苦无依的她并没有畏惧退缩，她选择用自己弱小的力量勇敢还击，显示了她的自尊和倔强。长大成人后到桑菲尔德庄园做家庭教师的时候，她的性格更是迸发出了震撼人心的力量。在与庄园主人罗切斯特先生交往时，简·爱深知自己出身卑微、地位低下，但她始终保持着做人的尊严，不卑不亢。正是她这种与众不同的人格魅力吸引了罗切斯特，使罗切斯特觉得她是一个可以和自己在精神上平等交谈的人，并慢慢爱上了她。而在他们结婚的那一天，当简·爱被告知罗切斯特已有妻子时，她拒绝了与他远走高飞的提议，决定自己独自离开。因为简·爱意识到自己受到了欺骗，她的自尊心受到了伤害，即使在强大的爱情力量包围之下，在美好生活的诱惑之下，她依然要坚守自己的尊严，这是简·爱最具魅力的地方。

3. 自由平等的爱情观

简·爱有着自己独特的爱情观,她认为只有精神平等的爱情,才能让双方真正获得幸福和自由。在她看来,爱情不应取决于社会地位、财富和外貌。在罗切斯特面前,她从不因身为家庭教师而觉得自己地位低贱。“难道就因为我一贫如洗,默默无闻,长相平庸,个子瘦小,就没有灵魂,也没有心肠了吗?——你想错了——我的心灵跟你一样丰富,我的心胸跟你一样充实!要是上帝赋予我一点姿色和充足的财富,我会使你同我现在一样难分难舍!我不是根据习俗、常规,甚至也不是血肉之躯同你说话,而是用我的灵魂同你的灵魂在对话,就好像我们两个人穿过坟墓,站在上帝脚下,彼此平等——本来就如此!”罗切斯特虽然有钱有地位,但他深深地了解她并被她所吸引,以平等的人格对待她,所以简·爱没有按当时门当户对的社会要求去抑制自己的感情,而是勇敢地追求自己的爱情。两颗不同凡俗的心灵互相吸引、互相融合。他们的爱情超脱了门第、财产、年龄、相貌等外在因素的束缚,是一种思想和感情的共鸣。结婚那天简·爱了解真相后,虽悲痛欲绝,却决然独自离去的根本原因在于她要守护独立、自爱、追求平等的原则。离开之后,她遇到了圣·约翰。圣·约翰相信简·爱是对自己的事业有帮助的人,于是向她求婚。简·爱虽对圣·约翰心存感激,但深知圣·约翰珍爱她就如“士兵珍爱一件好武器”,并不是出于内心的爱情。她若嫁给圣·约翰,只会成为他传教的工具、他的附属品,没有自己独立的人格。简·爱内心仍然爱着罗切斯特。当得知罗切斯特的疯妻烧毁庄园并坠楼身亡,而他本人穷困潦倒、双目失明时,她毫不犹豫地带着遗产回到了这个一无所有的男人身边。

《简·爱》是一部具有浓厚浪漫主义色彩的现实主义小说。小说表达的思想,即妇女要求在工作上以及婚姻上独立平等,在作者生活的时代是不同凡响的,对英国文坛也是一大震动。整部作品以自叙形式写成,文笔简洁而传神,质朴而生动。这部优美、动人并带有神秘色彩的小说,至今仍保持着它独特的艺术魅力。希望同学们能够从这部作品中获得更多的人生启示,去面对人生中的各种波折与坎坷。

(本书所用版本:〔英〕夏洛蒂·勃朗特著、黄源深译《简·爱》,译林出版社2011年版)

卷　一

内容简介

简·爱幼年时，父母就染病双双去世了。之后，她被送到盖茨黑德府的舅母里德太太家抚养。舅父里德先生在红房子中去世后，简过了10年受尽歧视和虐待的生活。一次，由于无法忍受表哥的殴打，简奋起反抗，但随即被关进了红房子。肉体上的痛苦和心灵上的恐惧，使她大病了一场。

舅母为了把简和自己的孩子隔离开来，决定送她去罗沃德学校，并在负责人布罗克赫斯特先生面前处处中伤简。学校教规严厉，生活艰苦。而布罗克赫斯特是个冷酷的伪君子，他用种种办法从精神和肉体上摧残孩子们。在这里，简忍受着饥饿与寒冷。幸运的是，简与海伦结成好友，教师坦普尔小姐也很关心她。当简被惩罚站在凳子上，当众受辱时，是海伦的微笑给了她力量。但一场传染性斑疹伤寒，夺走了海伦和其他许多孩子的生命。这场伤寒使学校的情况引起了大家的关注，学校的条件有了很大的改善。在罗沃德，简·爱接受了六年的教育，并任教两年。后来坦普尔小姐离开了学校，简也厌倦了孤儿院里的生活，便登广告想谋求一份家庭教师的职业。

桑菲尔德庄园的女管家聘用了她。简的学生是一个不到10岁的女孩阿黛勒，庄园主人罗切斯特先生是她的保护人。一天黄昏，简外出散步，邂逅刚从国外归来的主人，这是他们第一次见面。罗切斯特从受惊的马上摔了下来，简急忙上前去扶他，回到家后简才得知他便是庄园主罗切斯特。罗切斯特先生时常与简面对面交流，了解简的过去，并对简的画做出评价。简发现她的主人是个性格忧郁、喜怒无常的人，对她的态度时好时坏。

一天夜里，简被一阵奇怪的笑声惊醒，发现罗切斯特的房门开着，床上着了火。她急忙叫醒罗切斯特并扑灭火。罗切斯特告诉她，三楼住着一个女裁缝格雷斯，她神经错乱，时常发出令人毛骨悚然的狂笑声。罗切斯特要简对此事严守秘密。

自我检测

一、单项选择题

1. 在盖茨黑德府，简常受到保姆(　　)的数落。

A. 里德　　B. 贝茜　　C. 坦普尔　　D. 海伦

2. 简被里德太太关进红房子是在(　　)。

A. 温暖的三月　　B. 炎热的六月

C. 凉爽的十月　　D. 寒冷的十一月

3. 当约翰·里德去餐室找简时，简正在看的是(　　)。

A.《英国鸟类史》　　B.《圣经》

C.《拉塞拉斯》　　D.《帕美拉》

4. 当里德太太觉得简跟大人顶嘴，让她找个地方去坐着的时候，简去了(　　)。

A. 卧室　　B. 餐室　　C. 客厅　　D. 厨房

5. 贝茜时常会给简讲故事，简后来发现她的这些故事好多出自《帕美拉》这本书，这是一本(　　)类小说。

A. 悬疑推理　　B. 科幻　　C. 家庭伦理　　D. 励志探险

6. 贝茜给简讲的故事有些出自《莫兰伯爵亨利》，这是根据(　　)删改的节本。

A.《世界秩序》　　B.《博林布鲁克政治著作选》

C.《美国书简》　　D.《显赫的傻瓜》

7. 约翰·里德常常欺负虐待简，里德太太对此(　　)。

A. 无比生气　　B. 非常愤怒　　C. 熟视无睹　　D. 百般劝阻

8. 约翰·里德在餐室找到简后，用(　　)打中了她。

A. 书　　B. 椅子　　C. 木棍　　D. 石子

9. 简被约翰·里德打了之后,恐惧地称他为(　　)。

A. 剥削者　　B. 独裁者　　C. 希特勒　　D. 罗马皇帝

10. 简因为反抗了约翰·里德而被关进(　　)。

A. 餐室　　B. 红房子　　C. 卧室　　D. 地下室

11. 简因为约翰·里德的虐待难以自制,是(　　)略微消减了她的激动情绪。

A. 里德太太的训斥

B. 约翰的道歉

C. 女仆们捆绑她前的准备及所暗示的额外耻辱

D. 贝茜的怜悯

12. 书中提到的盖茨黑德府中的"艾比盖尔"指的是(　　)。

A. 艾博特　　B. 贝茜　　C. 里德太太　　D. 简

13. 书中提到了盖茨黑德府中的"艾比盖尔",艾比盖尔实际上是(　　)。

A. 里德太太的好友

B. 里德太太收养的孩子

C.《傲慢的贵妇人》中的一个贵族侍女

D. 里德太太的女仆

14. 很少有人进红房子是因为(　　)。

A. 里德太太不准许外人进入这个房间

B. 里德先生在红房子死去,所以屋子里始终是阴森森的氛围

C. 房间常年没人居住,积满灰尘

D. 房间位置非常隐秘

15. 盖茨黑德府的艾博特小姐是个(　　)的人。

A. 吝啬　　B. 善良　　C. 刻薄　　D. 热情

16. 简被关进红房子后是怎样的心情?(　　)。

A. 吓懵了　　B. 惶恐不安　　C. 激动不已　　D. 浑浑噩噩

17. 经常和母亲作对,并撕毁她的丝绸服装的是(　　)。

A. 简　　B. 约翰　　C. 伊丽莎　　D. 乔治亚娜

18. 简被关进红房子后打算最后如何反抗里德舅妈一家?(　　)。

A. 哭泣　　B. 哭诉　　C. 逃跑　　D. 绝食

19. 简被关进红房子后,在痛苦的刺激下,她的理智化作了一种(　　)的力量。

A. 成熟　　B. 持久

C. 成熟而持久　　D. 早熟而短暂

20. 简被关进红房子后,无法回答心底那永无休止的问题,这个问题是(　　)。

A. 为什么自己的尊严被践踏　　B. 为什么自己要如此受苦

C. 为什么人之间存在不平等　　D. 为什么人会有坎坷的命运

21. 里德先生被安葬在(　　)。

A. 盖茨黑德教堂圣坛底下的墓穴　B. 罗沃德

C. 所罗门　　D. 米尔科特

22. 里德先生是简的(　　)。

A. 父亲　　B. 叔叔

C. 舅父　　D. 母亲的表兄

23. 佣人们一再把简当作(　　)的替罪羊。

A. 仆人　　B. 奴隶

C. 调皮小孩　　D. 保育室

24. 被关在红房子时,是(　　)让简最终崩溃了。

A. 疼痛　　B. 墙上闪过的一道亮光

C. 饥饿　　D. 孤独

25. 简在红房子里疯狂大叫,拼命摇着门锁。里德太太赶到后,决定(　　)。

A. 罚简在红房子多待一个小时　B. 让简回到自己卧室

C. 让贝茜给简送一些吃的　　D. 让贝茜留下陪她

26. 简从红房子里被带回到卧室,醒来时发现身边坐着的人是(　　)。

A. 女仆贝茜　　B. 女仆艾博特

C. 里德太太　　D. 药剂师劳埃德

27. 简从红房子出来后的第一个夜晚是(　　)陪她度过的。

A. 萨拉和贝茜　B. 贝茜　C. 艾博特　D. 劳埃德

28. 从红房子出来后,贝茜为什么不敢一个人陪简睡?(　　)。

A. 担心简晚上会一直叫她　B. 担心里德太太说她太狠心

C. 担心简说不定会死　D. 担心简晚上需要照顾

29. 当里德太太一家出去时,简觉得她应当感到(　　)。

A. 高兴　B. 孤单　C. 伤心　D. 激动

30. 红房子事件后,简央求贝茜去图书馆拿一本书。这本书是(　　)。

A.《爱丽丝漫游仙境》　B.《圣经》

C.《格列佛游记》　D.《英国鸟类史》

31. (　　)建议里德太太送简去学校上学。

A. 贝茜　B. 劳埃德　C. 里德舅舅　D. 艾博特

32. 简的父母死于(　　)。

A. 斑疹伤寒　B. 车祸　C. 饥饿　D. 严寒

33. 简的父亲生前是(　　)。

A. 教师　B. 牧师　C. 家庭医生　D. 农场主

34. 盖茨黑德府的艾博特为什么那么喜欢乔治亚娜小姐?因为乔治亚娜(　　)。

A. 非常可爱,简直像画出来的一般

B. 非常聪明

C. 非常听话,容易伺候

D. 是个调皮的小捣蛋

35. 红房子事件后,面对表兄约翰的挑衅,简(　　)。

A. 默默忍受他的欺辱　B. 向里德太太哭诉

C. 忍无可忍,扑上去反抗　D. 躲进自己的房间

36. 红房子事件后,里德太太动手打简耳光的原因是(　　)。

A. 简说死去的里德舅舅和她的父母都在看着里德太太的所作所为

B. 反抗了约翰

C. 总是主动接近她的表兄妹们

D. 简不愿意去上学

37. 简被里德太太打了耳光之后，是(　　)对她进行了长达一小时的说教。

A. 艾博特　　B. 表兄约翰　　C. 里德太太　　D. 贝茜

38. 盖茨黑德府中，简最喜欢的人是(　　)。

A. 贝茜　　B. 劳埃德　　C. 艾博特　　D. 里德太太

39. 盖茨黑德府中，(　　)有做买卖的才干。

A. 表兄约翰　　B. 伊丽莎　　C. 里德太太　　D. 乔治亚娜

40. 常常把简当成保育室的女佣下手使唤的是(　　)。

A. 艾博特　　B. 乔治亚娜　　C. 伊丽莎　　D. 贝茜

41. 红房子事件后，里德太太(　　)没有把简叫到她跟前。

A. 近三个月　　B. 半年左右

C. 一个星期　　D. 大概一个月

42. 红房子事件后，当简再次被叫到里德太太跟前时，是(　　)使简吓得直打哆嗦，不敢走进大厅。

A. 简的蓬头垢面

B. 在红房子事件中受到的不公的惩罚

C. 表兄约翰的拳头

D. 表姐妹的冷嘲热讽

43. 简是(　　)时被送到寄宿学校的。

A. 八岁　　B. 十岁　　C. 十二岁　　D. 十八岁

44. 布罗克赫斯特认为，在孩子身上，(　　)是一种可悲的缺点。

A. 暴力　　B. 叛逆　　C. 调皮　　D. 欺骗

45. 在里德太太看来，简身上最大的毛病是(　　)。

A. 邪恶　　B. 淘气　　C. 爱说谎　　D. 冷漠

46. 第一次见到布罗克赫斯特先生时，简为什么觉得非常痛苦？(　　)。

A. 里德太太在陌生人面前指控她是个爱说谎的孩子

B. 布罗克赫斯特先生问她很多问题

C. 了解到她将要去的学校生活很苦

D. 她不喜欢布罗克赫斯特先生

47. 里德太太希望通过学校教育，把简培养成（　　）。

A. 多才多艺的大家闺秀
B. 学识丰富的教师
C. 有教养的淑女
D. 永远保持谦卑的有用之才

48. 听完布罗克赫斯特先生对罗沃德的介绍，里德太太认为（　　）。

A. 罗沃德是最适合简的学校
B. 罗沃德学校的服装过于朴素
C. 简可能不符合这个机构的要求
D. 罗沃德的学生从来没见过一件丝裙

49. 里德太太为什么要送简去学校？（　　）。

A. 希望简受到学校教育
B. 她急于摆脱简
C. 学校拥有更好的老师
D. 罗沃德是很适合简的地方

50. 布罗克赫斯特先生离开盖茨黑德府时，给简留下了（　　）。

A. 学校的校服
B. 赞美诗
C.《儿童指南》
D.《学校指南》

51. 盖茨黑德府的一切产业都由（　　）掌管。

A. 里德太太　B. 里德先生　C. 约翰表兄　D. 乔治亚娜

52. 简认为，在盖茨黑德府里，喜欢说谎的人是（　　）。

A. 约翰表兄　B. 伊丽莎　C. 乔治亚娜　D. 里德先生

53. 当简对里德太太说出她不是说谎者，并且以后不会再叫里德太太"舅妈"时，她的内心（　　）。

A. 心惊胆战　B. 舒畅喜悦　C. 痛苦万分　D. 无比恐惧

54. 简对里德太太说（　　），这使里德太太脸都扭曲了，仿佛要哭出来。

A. 她会告诉每一个问她的人里德太太心肠狠毒
B. 表兄约翰一直欺负她
C. 说谎的人是伊丽莎
D. 她会记住里德太太把她锁在红房子里

55. 离开盖茨黑德府去学校前，（　　）的行为让贝茜觉得高兴。

A. 简不怕贝茜骂她　　　　B. 简抱住贝茜撒娇

C. 简挑了喜爱的玩偶　　　　D. 简自己收拾好了行李

56. 为什么简在离开盖茨黑德府之前不再害怕贝茜了？(　　)。

A. 她明白她越是害怕贝茜，贝茜就越讨厌她

B. 她已经习惯了贝茜对她的方式

C. 她已经习惯了反抗

D. 她早就知道贝茜喜欢她

57. 离开盖茨黑德府的前一天，简是怎样度过的？(　　)。

A. 与贝茜在平静和谐中度过了离开前的时光

B. 和贝茜一起整理行李，挑选她喜爱的玩偶

C. 贝茜给做了很多好吃的，简感受到了生活的温暖

D. 简和表兄妹一起享受了下午茶

58. (　　)，简乘坐马车离开盖茨黑德府。

A. 在风和日丽的早晨　　　　B. 在寒冷的雪夜

C. 在炎热的夏季　　　　D. 一个寒冷的早晨

59. 离开盖茨黑德府去罗沃德时，只有(　　)起床送简。

A. 里德太太　　B. 乔治亚娜　　C. 伊丽莎　　D. 贝茜

60. 简离开盖茨黑德府时，里德太太对她有什么嘱咐？(　　)。

A. 让她在别人面前提起她时要说好话

B. 关照她好好学习

C. 提醒她不要害怕老师

D. 嘱咐她路上注意事项

61. 简第一次独自远行的路程长达(　　)。

A. 八英里　　B. 五十英里　　C. 十英里　　D. 一百英里

62. 简去罗沃德的途中，因为(　　)而被独自留在一个房间内。

A. 不想去罗沃德　　　　B. 旅途太劳累

C. 没有胃口吃饭　　　　D. 身体不舒服

63. 从盖茨黑德府到罗沃德路过 L 镇，可能指的是(　　)。

A. 里兹　　　　B. 里丘

C. 海镇　　　　D. 惠特克劳斯

64. 简抵达罗沃德时的天气状况是(　　)。

A. 天气晴朗　　B. 倾盆大雨　　C. 刮风下雨　　D. 鹅毛大雪

65. 简天还没亮就从盖茨黑德府出发,在当天(　　)到达罗沃德。

A. 上午　　B. 中午　　C. 晚上　　D. 傍晚

66. 到达罗沃德当天,把简领到同学们当中的是(　　)。

A. 米勒小姐　　B. 坦普尔小姐

C. 斯卡查德小姐　　D. 海伦

67. 罗沃德的助教中,(　　)面容显得憔悴,十分匆忙,总有忙不完的事情。

A. 坦普尔小姐　　B. 斯卡查德小姐

C. 米勒小姐　　D. 皮埃罗夫人

68. 罗沃德的学生是一群(　　)的姑娘。

A. 十岁左右　　B. 九岁、十岁到二十岁之间

C. 二十岁左右　　D. 十五六岁

69. 简第一天到达罗沃德时,发现这里的学生实际有(　　)。

A. 不足八十人　　B. 多得难以计数

C. 几百人　　D. 一百多人

70. 简觉得罗沃德的姑娘们身上的上衣(　　)。

A. 符合她们的身份　　B. 式样古怪

C. 非常朴素　　D. 样子时髦

71. 简到达罗沃德时,那里的姑娘们正在(　　)。

A. 忙于学习　　B. 享用晚餐

C. 朗读《圣经》　　D. 准备睡觉

72. 简在罗沃德的第一天根本没有碰食物,原因是(　　)。

A. 不合口味　　B. 食物太少

C. 味道难以下咽　　D. 激动与疲倦

73. 简抵达罗沃德当晚的晚饭是(　　)。

A. 水和燕麦饼　　B. 牛奶和面包

C. 咖啡和燕麦饼　　D. 水和粥

74. 简在罗沃德的第二天早晨起床后没有马上洗脸,原因是

(　　)。

A. 天气太冷　　B. 水都结冰了

C. 六个姑娘合用一个脸盆　　D. 起床晚了

75. 到罗沃德后，简被分在(　　)。

A. 低年级　　B. 中年级　　C. 高年级　　D. 幼儿班

76. 在罗沃德，早饭前的议程是(　　)。

A. 祷告和朗读《圣经》等　　B. 教师讲解

C. 法语课　　D. 自由活动

77. 简在罗沃德第二天仍然觉得食物难以下咽，原因是(　　)。

A. 对新生活无比期待　　B. 烧焦的粥让人作呕

C. 其他姑娘没有吃，她也不敢吃　　D. 饿过了头

78. 在罗沃德，早餐后多久开始上第一节课？(　　)。

A. 十分钟　　B. 不固定　　C. 一刻钟　　D. 半小时

79. 在简看来，罗沃德的教师们(　　)。

A. 除了坦普尔小姐外，没有一个使人赏心悦目

B. 除了米勒小姐外，都不让人喜欢

C. 都非常粗俗

D. 很凶

80. 简对坦普尔小姐的外貌有什么印象？(　　)。

A. 苛刻而怪癖　　B. 面容非常苍白

C. 面容清秀，仪态端庄　　D. 脸色发紫，饱经风霜

81. 罗沃德的教师中，苛刻而又怪癖的外国人是(　　)。

A. 米勒小姐　　B. 坦普尔小姐

C. 皮埃罗夫人　　D. 斯卡查德小姐

82. 简是从何知道坦普尔小姐的全名的？(　　)。

A. 简是在让她送到教堂去的祈祷书上看到的

B. 是海伦告诉简的

C. 简听到坦普尔小姐自己介绍的

D. 是米勒小姐告诉简的

83. (　　)是罗沃德学校的校长。

A. 布罗克赫斯特先生　　B. 坦普尔小姐

C. 斯卡查德小姐　　D. 布罗克赫斯特夫人

84. 简到罗沃德的第二天,坦普尔小姐为什么要给大家准备面包和奶酪作为点心?(　　)。

A. 因为早上的粥烧焦了,难以下咽,大家都很饿

B. 因为姑娘们上课表现很好,坦普尔小姐想给大家一点鼓励

C. 因为简第一天和大家一起上课,坦普尔小姐以此表示欢迎

D. 因为罗沃德的开支有所增加,可以让大家改善饮食

85. 罗沃德的姑娘们去花园活动前,被要求(　　)。

A. 穿上斗篷　　B. 戴上帽子和手套

C. 戴上帽子,围上围巾　　D. 戴上草帽,穿上斗篷

86. 简刚到罗沃德时没有人与她说话,却不感到十分压抑,这是因为(　　)。

A. 她喜欢独处的时光

B. 她并不想和罗沃德的姑娘们交朋友

C. 她已经习惯了这份孤独

D. 她天生性格孤僻

87. 简第一次在罗沃德和海伦交谈时,海伦正在看的书是(　　)。

A.《拉塞拉斯》　B.《英国历史》　C.《新约》　D.《玛米昂》

88. 简到罗沃德不久,竟然一反常态,主动和海伦搭讪,原因大概是(　　)。

A. 简觉得海伦的书很有趣

B. 海伦看上去非常和善

C. 海伦看书非常专注,而简也同样喜爱看书

D. 简实在太孤单了

89. 罗沃德学校的学费是(　　)。

A. 一年十五英镑　　B. 一年三十英镑

C. 一年四十五英镑　　D. 免费

90. 罗沃德的孩子被称作是“受施舍的孩子”,原因是(　　)。

A. 他们支付的学费不够负担住宿费和学费,缺额由捐款来补足

B. 因为他们付不起学费

C. 他们全靠捐款生活

D. 他们不用付学费

91. 布罗克赫斯特先生是罗沃德的(　　)。

A. 校长　　B. 创始人　　C. 司库　　D. 捐款人

92. 罗沃德的史密斯小姐负责的课程是(　　)。

A. 劳作　　B. 法语　　C. 地理　　D. 音乐

93. 负责教授法语课程的皮埃罗夫人来自(　　)。

A. 马赛　　B. 加拿大北部　　C. 法国里尔　　D. 法国巴黎

94. 海伦在课上被惩罚后的反应让简非常诧异,因为(　　)。

A. 海伦非常镇静,仿佛置身事外　　B. 海伦是个淘气鬼

C. 海伦完全不理会老师的惩罚　　D. 海伦不停地哭泣

95. 在罗沃德学校,每天早餐前都要进行长达(　　)的祷告和诵读。

A. 半小时　　B. 一个小时　　C. 一个半小时　　D. 两个小时

96. 斯卡查德小姐总是惩罚海伦,因为她认为海伦(　　)。

A. 邋遢　　B. 偷懒　　C. 迟到　　D. 打架

97. 初到罗沃德的一天早晨,海伦没有洗干净脸和指甲的原因是(　　)。

A. 起床晚了　　B. 没有排到队　　C. 水结冰了　　D. 忘记了

98. 简在罗沃德一天中最愉快的时间是(　　)。

A. 早餐时间　　B. 早餐后的时间

C. 晚间的玩耍时光　　D. 在花园的时候

99. 虽然罗沃德的生活艰苦,海伦却并不很希望离开那儿,因为(　　)。

A. 她希望在罗沃德获得充分的教育

B. 她没有家人可以依靠

C. 她喜欢罗沃德的生活

D. 布罗克赫斯特先生不准许她离开

100. 为什么海伦不觉得斯卡查德小姐对她太凶狠?(　　)。

A. 斯卡查德小姐并不是罗沃德最凶狠的人

B. 她觉得自己有缺点,应该被严格教育

C. 斯卡查德小姐对她一点都不严厉

D. 斯卡查德小姐让她在人群中罚站

101. 在简看来,斯卡查德小姐对海伦的惩罚让人无法忍受。而海伦却不这么想,因为她认为(　　)。

A. 她的命里注定要忍受　　B. 她无法反抗

C. 她完全不在意　　D. 她最喜欢斯卡查德小姐的课

102. 简眼中的斯卡查德小姐是(　　)。

A. 脾气急躁、强行霸道的　　B. 心地善良、和颜悦色的

C. 脾气古怪、阴险狠毒的　　D. 讲究整洁、一丝不苟的

103. 海伦眼中的坦普尔小姐是(　　)。

A. 脾气急躁、强行霸道的　　B. 心地善良、和颜悦色的

C. 脾气古怪、阴险狠毒的　　D. 讲究整洁、一丝不苟的

104. 对待那些强横霸道的人,简认为应该(　　)。

A. 宽容对待　　B. 狠狠回击　　C. 慢慢感化　　D. 回避不理

105. 对待那些强横霸道的人,海伦认为(　　)。

A. 暴力不是消除仇恨的最好办法　B. 狠狠反击才能让对方罢手

C. 远离恶人是最好的方法　　D. 应该团结起来,一起反抗

106. 海伦认为人们应该忘却仇恨,因为(　　)。

A. 忘却仇恨能感化恶人的灵魂

B. 只要忘却仇恨,仇敌们便会爱我们

C. 生命太短暂,不应该用来结仇和记恨

D.《新约全书》中基督是这样做的

107. 在罗沃德的前三个月,因为(　　),学生们基本只能在学校的围墙之内活动。

A. 食不果腹导致缺乏精力　　B. 姑娘们的衣服不够暖

C. 大家双脚长满了冻疮　　D. 积雪阻断了交通

108. 罗沃德的冬天,除了寒冷以外,最令人沮丧的还有(　　)。

A. 食品供应不足　　B. 每周日必须去教堂

C. 冬季的星期日沉闷乏味　　D. 去教堂后来不及回校用餐

109. 当罗沃德的姑娘们在寒风中萎靡不振地从教堂返回学校时，(　　)轻快地走在她们旁边鼓励她们振作精神。

A. 斯卡查德小姐　　B. 海伦

C. 坦普尔小姐　　D. 布罗克赫斯特先生

110. 罗沃德的姑娘们都翘首企盼着安息日，因为(　　)。

A. 那天的茶点发整片面包　　B. 大家可以去教堂

C. 那天学校放假　　D. 那天每个姑娘都能吃饱

111. 在罗沃德，星期天晚上，姑娘们要背教堂的教义问答和(　　)的第五、六、七章节。

A.《新约·使徒行传》　　B.《旧约·箴言》

C.《新约·路加福音》　　D.《马太福音》

112. 简到罗沃德(　　)后，布罗克赫斯特先生才回到学校。

A. 一天　　B. 一个月　　C. 三个星期　　D. 一个星期

113. 布罗克赫斯特先生到访罗沃德，这让简感到非常丧气，原因是(　　)。

A. 他答应里德太太把简的恶劣本性告诉坦普尔小姐和教师们

B. 他对学校的学生们非常凶

C. 他会斥责坦普尔小姐浪费学校物资

D. 他规定姑娘们只能用一根针

114. 因为(　　)，罗沃德的姑娘们吃到了作为点心的面包奶酪，而这在罗沃德是不同寻常的。

A. 早餐不够　　B. 天太冷了

C. 早餐的粥烧焦了　　D. 司库大发善心

115. 早餐的粥烧焦后，是(　　)要求给罗沃德的姑娘们发面包奶酪的。

A. 布罗克赫斯特先生　　B. 坦普尔小姐

C. 布罗克赫斯特太太　　D. 厨师

116. 布罗克赫斯特先生认为，如果用更可口的东西代替失去的享乐，会(　　)。

A. 骄纵肉体，从而偏离学校的办学目标

B. 让学生更加坚韧不拔

C. 增强学生的体质

D. 使学生更加热爱学校

117. 坦普尔小姐认为简摔坏写字板是个意外,不会因此而惩罚她。可是简听后,觉得这样的善意像匕首一样刺痛她的心扉,因为(　　)。

A. 她觉得自己被冤枉了

B. 她觉得坦普尔小姐不应该对她这么好

C. 她自己清楚她是故意摔坏的

D. 很快罗克赫斯特先生会告诉大家她是个说谎者,坦普尔小姐也会因此而瞧不起她

118. 布罗克赫斯特先生如何惩罚简?(　　)。

A. 发表了长篇审判宣言后,他要求简继续站在凳子上示众半个小时

B. 他要求学生们批评教育她

C. 他要求简站在凳子上向大家忏悔

D. 他决定让坦普尔小姐对她进行特殊教育

119. 简被罚示众后,认为鲁比孔河已渡过,意为(　　)。

A. 排除万难　　B. 破釜沉舟　　C. 坚定信念　　D. 通力合作

120. 布罗克赫斯特先生要求全校师生必须注意提防简的一言一行,因为(　　)。

A. 她有前科　　B. 她心怀叵测

C. 她是说谎者　　D. 她神情恍惚

121. 当简被罚站示众时,是(　　)给了她力量和支持。

A. 坦普尔小姐　B. 海伦　　C. 里德太太　　D. 玛丽

122. 海伦在罗沃德时常常被罚戴(　　)。

A. "不整洁标记"　　B. "懒惰标记"

C. "逃课标记"　　D. "撒谎者标记"

123. 海伦被斯卡查德小姐惩罚第二天午饭只能吃面包和清水,原因是(　　)。

A. 总是问琐碎的问题　　B. 喜欢撒谎

C. 上课走神　　D. 弄脏了练习簿

124. 在罗沃德学校,胳膊上经常戴着"不整洁标记"的是(　　)。

A. 简　　B. 斯卡查德　　C. 海伦　　D. 坦普尔

125. 简被示众结束后,支撑她的魔力消失了,倒地嚎啕大哭,其原因是(　　)。

A. 她觉得在罗沃德又会被人践踏,没有翻身之日了

B. 海伦也看不起她了

C. 觉得很丢脸

D. 害怕被罗沃德开除

126. 简被布罗克赫斯特先生当众惩罚的那天早上,(　　)热情夸奖简。

A. 米勒小姐　　B. 坦普尔小姐

C. 海伦　　D. 布罗克赫斯特先生

127. 简被布罗克赫斯特先生当众惩罚结束后的反应是(　　)。

A. 觉得很丢脸

B. 觉得对不起海伦的信任而大哭

C. 担心自己在罗沃德没有翻身之日而嚎啕大哭

D. 怕被学校开除而担忧

128. 简被布罗克赫斯特先生当众惩罚结束后,是(　　)安慰她并给她送来食物。

A. 坦普尔小姐　　B. 海伦

C. 斯卡查德小姐　　D. 玛丽

129. 简被布罗克赫斯特先生当众惩罚结束后,去了(　　)的寓所。

A. 布罗克赫斯特先生　　B. 坦普尔小姐

C. 海伦　　D. 斯卡查德小姐

130. 海伦如何看待死亡?(　　)。

A. 死亡是幸福与荣耀的入口

B. 死亡令人恐惧

C. 死亡能带走一切,我们不必为自己的行为负责

D. 死亡能让她和父亲重聚

131. 简被布罗克赫斯特先生当众惩罚结束后，坦普尔小姐对她的看法是(　　)。

A. 会根据简的表现看待她，希望她继续做个好姑娘

B. 认为简应该对里德太太感恩

C. 简应该听从罗克赫斯特先生的劝诫

D. 简应好好反省，做回一个好姑娘

132. 里德太太为什么收养简？(　　)。

A. 因为简没有其他亲人

B. 因为简从小就在她家生活

C. 因为丈夫的临终嘱托不得不为之

D. 因为简是个好姑娘

133. 坦普尔小姐写信给(　　)求证简诉说的情况。

A. 里德太太　　B. 劳埃德先生

C. 贝茜　　D. 乔治亚娜小姐

134. 当简待在坦普尔小姐身边，端详她的面容、装束时，感受到的是(　　)。

A. 喜悦　　B. 幸福　　C. 羡慕　　D. 崇拜

135. 坦普尔小姐对她自己对简和海伦的招待并不感到愉快，因为(　　)。

A. 简刚刚被当众惩罚了　　B. 姑娘们并不享受她的招待

C. 她的客人消耗了她储备的食物　　D. 自己能提供的食物太少了

136. 简和海伦离开寓所时，坦普尔小姐流泪是因为(　　)。

A. 海伦身体不好　　B. 简受到了不公的待遇

C. 没能很好招待客人　　D. 两个女孩的悲惨身世

137. 斯卡查德小姐将写有(　　)的纸牌挂在海伦的额头上，海伦却毫无怨言地佩戴着它。

A. 懒惰　　B. 撒谎　　C. 邋遢　　D. 邪恶

138. (　　)的回信证实了简的自述，澄清了对简的诋毁。

A. 约翰·里德　　B. 劳埃德先生　　C. 里德太太　　D. 贝茜

139. 罗沃德冬季的夜晚和清晨，会出现(　　)式的低气温。

A. 冰岛　　B. 太平洋　　C. 澳大利亚　　D. 加拿大

140. 罗沃德所在的林间山谷,是(　　)的摇篮。

A. 大雾　　B. 晴天　　C. 雪天　　D. 下雨

141. 春季的时疫将(　　)传进了孤儿院。

A. 瘟疫　　B. 水痘　　C. 斑疹伤寒　　D. 肺痨

142. 时疫期间,简经常会和(　　)一起在树林中的大石头上相约。

A. 海伦·彭斯　　B. 玛丽·安·威尔逊

C. 坦普尔小姐　　D. 皮埃罗太太

143. 海伦不论何时何地向简证实了一种平静而忠实的(　　)。

A. 忠诚　　B. 爱情　　C. 亲情　　D. 友情

144. 海伦患的是(　　)。

A. 肺病　　B. 斑疹伤寒　　C. 水痘　　D. 脑膜炎

145. 贝茨先生来罗沃德看海伦的那晚,简第一次潜心来理解已被灌输进去的(　　)的内涵。

A. 思维和存在　　B. 生存和死亡

C. 天堂和地狱　　D. 上帝和魔鬼

146. 简偷偷进入海伦的病房,坦普尔小姐正在(　　)。

A. 休息

B. 去热病病室看望昏迷不醒的病人

C. 巡查病房

D. 送别贝茨先生

147. 病重的海伦告诉前来偷看自己的简,她将回到(　　)。

A. 学校　　B. 孤儿院

C. 自己居住的家　　D. 最后的家

148. 海伦认为上帝是(　　)。

A. 仁慈的创造者　　B. 无情的

C. 不存在的　　D. 万能的

149. (　　)回房时发现海伦死了。

A. 护士　　B. 简

C. 坦普尔小姐　　D. 斯卡查德小姐

150. 简看望海伦,并留在海伦那里休息,白天的时候海伦是如何醒来的?(　　)

A. 护士叫醒她

B. 被护士抱着,因为一阵异样的抖动而醒来

C. 自然而醒

D. 噩梦惊醒

151. 罗沃德的斑疹伤寒热曝光了学校的丑恶一面,使(　　)大失脸面。

A. 里德太太　　B. 皮埃罗太太

C. 坦普尔小姐　　D. 布罗克赫斯特先生

152. 学校重建,布罗克赫斯特担任(　　)一职。

A. 司库　　B. 教师

C. 医生　　D. 管理学生伙食

153. 学校将经费委托给(　　)管理。

A. 坦普尔小姐　　B. 布罗克赫斯特先生

C. 一个委员会　　D. 皮埃罗太太

154. 在罗沃德的学习结束后,简通过自己的努力,成了(　　)。

A. 牧师　　B. 教师　　C. 医生　　D. 护士

155. 历经种种变迁,坦普尔小姐一直担任着(　　)职务。

A. 教师　　B. 医生　　C. 护士　　D. 校长

156. (　　)的离开使罗沃德几分像家的感情和联系都随之消失。

A. 坦普尔小姐　　B. 海伦·彭斯

C. 皮埃罗太太　　D. 布罗克赫斯特先生

157. 坦普尔小姐离开罗沃德后,简为自由祷告,随后祈求赐予她(　　)。

A. 幸福　　B. 平等

C. 一种新的苦役　　D. 自由

158. 简在罗沃德任教时,同卧室的是(　　)。

A. 格丽丝小姐　　B. 坦普尔小姐

C. 斯卡查德小姐　　D. 皮埃罗太太

159. 简刚开始思考找工作时,全力以赴地思考着(　　),却找不到答案。

A. 人们是如何忍受孤寂的

B. 人们是如何与朋友相处的

C. 人们是如何求助他人的

D. 那些没有朋友的人是如何自己救自己的

160. (　　)的主意突然使简对于找工作的思考豁然开朗。

A. 登广告　　B. 求助朋友　　C. 求助社会　　D. 竞选

161. 简登广告是为了找一份(　　)的工作。

A. 医生　　B. 牧师　　C. 家庭教师　　D. 护士

162. 简写完广告后,向校长请假去了(　　)。

A. 洛顿　　B. 威尔士　　C. 米尔考特　　D. 桑菲尔德

163. 简收到的信件中提到她需要教授(　　)。

A. 一名不满十岁的小男孩　　B. 一名不满十岁的小女孩

C. 几个不满十岁的小女孩　　D. 一个十四岁的女孩

164. 简找的桑菲尔德的新工作年薪是(　　)。

A. 十五英镑　　B. 二十英镑　　C. 二十五英镑　　D. 三十英镑

165. 简从罗沃德得到了一份(　　)签字的品格和能力证明书。

A. 学校校长　　B. 委员会　　C. 学校督导　　D. 司库

166. 离开罗沃德前,简在收拾好行李后准备休息时,(　　)要见她。

A. 贝茜　　B. 坦普尔小姐

C. 斯卡查德小姐　　D. 里德太太

167. 贝茜嫁给了一名(　　)。

A. 医生　　B. 马车夫　　C. 牧师　　D. 传教士

168. 约翰·里德的叔叔们希望他将来能够当(　　)。

A. 牧师　　B. 医生　　C. 委员长　　D. 律师

169. 乔治亚娜小姐决定与(　　)私奔。

A. 律师　　B. 医生　　C. 勋爵　　D. 牧师

170. 贝茜告诉简,大约在七年前,有(　　)来找过简。

A. 一位爱先生　　B. 一位爱女士

C. 一位牧师　　D. 一位律师

171. 简为感谢罗沃德的校长代表她在委员会中善意斡旋,送给了她(　　)。

A. 一本自己写的书　　B. 一幅自己所作的画

C. 一个自己做的书签　　D. 一条自己织的围巾

172. 简父亲的一位亲戚七年前来找简未果,去了(　　)。

A. 伦敦　　B. 巴黎　　C. 瑞士　　D. 马德拉岛

173. (　　)使简感受到了孑然一身,无把握达到目的港的愉快、自豪。

A. 韧性　　B. 踏实　　C. 冒险的魅力　　D. 真实

174. 简从仆人和马车判断费尔法克斯太太(　　)。

A. 不是衣着华丽的人　　B. 衣着华丽

C. 行为高雅　　D. 行为粗鲁

175. 如果费尔法克斯太太和里德太太一样,简决定(　　)。

A. 坚持做下去　　B. 重新找份工作

C. 做一段时间再离开　　D. 坚持做,但反抗她

176. 简对费尔法克斯太太的第一印象是(　　)。

A. 令人难堪　　B. 庄严　　C. 咄咄逼人　　D. 和蔼

177. 费尔法克斯太太对简的行为,让简感到(　　)。

A. 莫名其妙　　B. 惶恐不安　　C. 受宠若惊　　D. 没有感觉

178. 桑菲尔德是一个(　　)。

A. 公寓　　B. 老庄园　　C. 旅店　　D. 小镇

179. 约翰是桑菲尔德的(　　)。

A. 家庭医生　　B. 马车夫　　C. 邻居　　D. 亲戚

180. 费尔法克斯太太将简安排住在(　　)。

A. 自己的隔壁　　B. 宽阔的前房　　C. 旅馆　　D. 阁楼

181. 简为何衣着简朴?因为她(　　)。

A. 勤俭节约

B. 懒散

C. 不羁

D. 没有一件服饰不是缝制得极其朴实的

182. 简经常将自己的头发梳得溜光,并穿着黑色的外衣,看起来像(　　)的人。

A. 委员会　　B. 基督教

C. 贵格会教派　　D. 伊斯兰教

183. 初到桑菲尔德,简觉得费尔法克斯太太的府邸是一座(　　)。

A. 贵族的府第　　B. 绅士的住宅

C. 教堂　　D. 农庄

184. 草地上的(　　)点明了桑菲尔德屋宇名称字源意义的由来。

A. 巨大的老荆棘树丛　　B. 橡树

C. 木棚　　D. 矮篱

185. 桑菲尔德的主人是(　　)。

A. 费尔法克斯太太　　B. 费尔法克斯太太的丈夫

C. 布罗克赫斯特先生　　D. 罗切斯特先生

186. 费尔法克斯太太的丈夫是一名(　　)。

A. 律师　　B. 法官　　C. 牧师　　D. 医生

187. 阿黛勒是(　　)的受监护人。

A. 罗切斯特太太　　B. 罗切斯特先生

C. 费尔法克斯太太　　D. 约翰

188. 索菲娅是阿黛勒的(　　)。

A. 母亲　　B. 姐姐　　C. 朋友　　D. 保姆

189. 阿黛勒和索菲娅待在旅馆的一个星期中每天去(　　)。

A. 公园　　B. 教堂　　C. 学校　　D. 农场

190. 阿黛勒给简唱的曲子出自(　　)。

A. 民间曲乐　　B. 某戏曲　　C. 某歌剧　　D. 教堂赞歌

191. 阿黛勒唱的曲子讲的是(　　)的故事。

A. 一个贵妇　　B. 一个被遗弃的女人

C. 一个贫穷侍女　　D. 一个修女

192. 在阿黛勒的妈妈过世后,她和(　　)住在一起。

A. 费尔法克斯太太　　B. 罗切斯特先生
C. 索菲娅　　D. 弗雷德里克夫妇

193. 简觉得一开始给阿黛勒过多的限制是(　　)。

A. 不明智的　　B. 必要的　　C. 可取的　　D. 明智的

194. 罗切斯特先生讨厌看到(　　)。

A. 奢华的布置　　B. 简朴的家具
C. 什么都裹得严严实实的　　D. 布满灰尘

195. 罗切斯特先生的佃户们认为他(　　)。

A. 冷酷　　B. 公平　　C. 仁慈　　D. 暴力

196. 费尔法克斯太太带领简参观房子的其余地方的时候,简很(　　),因为一切都安排得那么妥帖,都那么漂亮。

A. 失望　　B. 惊讶　　C. 淡然　　D. 羡慕

197. 费尔法克斯太太曾听说罗切斯特家人在世时性格(　　)。

A. 暴烈　　B. 温和　　C. 文静　　D. 冷漠

198. 简被带领参观桑菲尔德时说过一句话:“经过了一场人生的热病,他们现在睡得好好的。”这句话出自(　　)。

A.《哈姆雷特》　　B.《悲惨世界》
C.《麦克白》　　D.《巴黎圣母院》

199. 简将顶楼的扶梯比作(　　)城堡里的一条走廊。

A. 哈姆雷特　　B. 蓝胡子　　C. 吸血鬼　　D. 燕巢

200. 简从屋顶下来时,听到古怪的笑声,费尔法克斯太太猜是(　　)发出的。

A. 阿黛勒　　B. 约翰
C. 索菲娅　　D. 格雷斯·普尔

201. 简有时候觉得她的学生阿黛勒(　　),但经过她的培养,很快改掉了这样的举动。

A. 活泼　　B. 倔强任性　　C. 早熟　　D. 冷漠

202. 简为什么对费尔法克斯太太心怀感激之情?(　　)。

A. 因为她对简的尊重和她温和的性情
B. 因为她是桑菲尔德的主人并收留了简

C. 因为她派人去车站接了简

D. 因为她从不以主人身份自居

203. 在桑菲尔德府，简是如何解脱自己个性中的骚动不安的？(　　)。

A. 同费尔法克斯太太交谈　　B. 看阿黛勒和保姆做游戏

C. 在三层楼的过道上来回踱步　　D. 发呆

204. “人应当满足于(　　)生活”，简认为这句话是毫无意义的。

A. 奢侈的　　B. 刺激的　　C. 简朴的　　D. 平静的

205. 简认为自己同意阿黛勒的请假这一决定做得(　　)。

A. 通情达理　　B. 很有灵活性　　C. 和蔼可亲　　D. 大公无私

206. 第一次遇见罗切斯特先生那天，简外出是为了出门帮(　　)寄信。

A. 费尔法克斯太太　　B. 索菲娅

C. 格雷斯·普尔　　D. 罗切斯特先生

207. 简出门寄信前，给了阿黛勒一个(　　)制成的娃娃，还有一本故事书。

A. 布　　B. 稻草　　C. 蜡　　D. 木头

208. 在帮费尔法克斯太太寄信的路上，简看到(　　)成为寒冷的明证。

A. 干枯的树枝　　B. 寥无人迹的街道

C. 积雪　　D. 结冰的小河堤坝

209. 简在路上遇到了一匹马，这让她想到了(　　)讲的故事。

A. 费尔法克斯太太　　B. 贝茜

C. 坦普尔小姐　　D. 海伦·彭斯

210. 简将(　　)比作了“盖特拉西”。

A. 罗切斯特先生的狗　　B. 罗切斯特先生

C. 罗切斯特先生的马　　D. 约翰·里德

211. 在简帮费尔法克斯太太寄信的路上，那位摔倒的骑手让简(　　)。

A. 帮忙捡东西　　B. 帮忙去叫人

C. 站到一边　　　　　　　　　　D. 扶自己起来

212. 在简帮费尔法克斯太太寄信的路上，一位摔倒的骑手(　　)。

A. 骨头跌断了　　　　　　　　B. 脚扭了

C. 没有受伤　　　　　　　　　D. 头磕破了

213. 第一次遇见罗切斯特的路上，这位赶路人的皱眉和粗犷让简(　　)。

A. 惶恐不安　　B. 忐忑　　C. 紧张　　D. 坦然自若

214. 第一次遇见罗切斯特的路上，这位赶路人从马上摔落，一开始想向简寻求(　　)作为拐杖。

A. 伞　　B. 竹竿　　C. 树枝　　D. 简的搀扶

215. 罗切斯特先生从马上摔落后，见简拉不来马，笑着将自己比成(　　)。

A. 释迦牟尼　　B. 苏丹　　C. 穆罕默德　　D. 耶稣

216. 第一次遇见罗切斯特先生时，简是到(　　)帮费尔法克斯太太寄信。

A. 洛顿　　B. 海村　　C. 米尔考特　　D. 桑菲尔德

217. 简对(　　)生活方式感到厌倦。

A. 充满激情的　　　　　　　　B. 惊险刺激的

C. 主动的　　　　　　　　　　D. 被动的

218. 简不能欣赏生活(　　)的长处。

A. 稳定安逸　　B. 温馨　　C. 轻松　　D. 充满激情

219. 简认为(　　)对在“超等安乐椅”上坐累了的人有极大的好处。

A. 深呼吸　　B. 极目远眺　　C. 远距离散步　　D. 跑步

220. 简在去海村的路上遇到的赶路人其实是(　　)。

A. 布罗克赫斯特先生　　　　　B. 罗切斯特先生

C. 陌生人　　　　　　　　　　D. 一位牧师

221. (　　)的到来使桑菲尔德不再像教堂般沉寂。

A. 牧师　　　　　　　　　　　B. 布罗克赫斯特先生

C. 罗切斯特先生　　　　　　　D. 卡特

222. 简和阿黛勒在(　　)教学。

A. 楼上的一个房间　　B. 原本的书房

C. 顶楼　　D. 院子里

223. 罗切斯特先生抵达桑菲尔德府后,邀请简和她的学生(　　)。

A. 谈心　　B. 赏画

C. 商谈教学进程　　D. 用茶点

224. 费尔法克斯太太帮简换了一件(　　),让她去见罗切斯特先生。

A. 晚礼服　　B. 黑丝绸衣服

C. 淡灰色外套　　D. 黑色羊呢大衣

225. 坦普尔小姐送给简(　　)作为临别礼物。

A. 一本书　　B. 一个书签

C. 一个梳妆匣　　D. 一件珍珠小饰品

226. 简觉得从(　　)的角度看罗切斯特先生身材很好。

A. 牧师　　B. 法官　　C. 运动员　　D. 商人

227. 罗切斯特先生在桑菲尔德府第一次见简和她的学生时,费尔法克斯太太让(　　)把罗切斯特先生的杯子端过去。

A. 简　　B. 索菲娅　　C. 自己　　D. 阿黛勒

228. (　　)在桑菲尔德府见到罗切斯特先生时,向他提出了礼物。

A. 简　　B. 阿黛勒

C. 费尔法克斯太太　　D. 索菲娅

229. 罗切斯特先生给了简(　　),让简觉得是作为教师们最向往的酬劳。

A. 丰厚的薪水　　B. 对简的赞赏

C. 一本书　　D. 对阿黛勒进步的表扬

230. 简在罗沃德学待了(　　)年。

A. 一年　　B. 三个月　　C. 八年　　D. 五年

231. 从马上摔落的那天,罗切斯特先生觉得简坐在台阶上等的人是(　　)。

A. 绿衣仙人　　B. 白衣仙人　　C. 巫女　　D. 牧师

232. 费尔法克斯太太认为简作为教师,对阿黛勒(　　)。

A. 和气细心　　B. 不管不问　　C. 严厉　　D. 苛刻

233. (　　)管辖着罗沃德。

A. 坦普尔小姐　　B. 布罗克赫斯特先生

C. 罗切斯特先生　　D. 费尔法克斯太太的丈夫

234. 罗切斯特先生认为简过的生活像(　　)。

A. 巫女　　B. 牧师　　C. 修女　　D. 教师

235. 简告诉罗切斯特先生,她大约在(　　)时去了罗沃德。

A. 八岁　　B. 九岁　　C. 十四岁　　D. 十岁

236. 罗切斯特先生想了解简在学校习得的技能,所以让简到书房(　　)。

A. 看书　　B. 弹钢琴　　C. 画画　　D. 取一本书

237. 简从(　　)获得画画的摹本。

A. 自己的脑袋　　B. 书店　　C. 教堂　　D. 罗沃德

238. 简给罗切斯特先生看的画是(　　)。

A. 油墨画　　B. 素描画　　C. 水彩画　　D. 国画

239. 简给罗切斯特先生看的画中,第一幅上,有一只鸬鹚衔着(　　)。

A. 一个戒指　　B. 一块宝石　　C. 一只金手镯　　D. 一条项链

240. 给罗切斯特先生看的画中,简将第三幅画中的(　　)比作"王冠的写真"。

A. 镶着宝石的金手镯　　B. 苍白的新月

C. 星星　　D. 冰山的尖顶

241. 简和罗切斯特先生在桑菲尔德府的第一次会面后,简觉得他(　　)。

A. 粗暴无礼　　B. 温文尔雅　　C. 和蔼可亲　　D. 处变不惊

242. 在简看来,罗切斯特先生和她们道晚安时,总是对她们的陪伴感到(　　)。

A. 温馨　　B. 习以为常　　C. 很享受　　D. 厌烦

243. 费尔法克斯太太认为应该对罗切斯特先生的脾气(　　)。

A. 褒奖　　B. 反抗　　C. 宽容　　D. 无所谓

244. 简到桑菲尔德府时,罗切斯特先生拥有现在这份财产(　　)左右了。

A. 一年　　B. 九年　　C. 二十年　　D. 三个月

245. 费尔法克斯太太认为是(　　)的原因,导致爱德华先生的父亲对他怀有偏见。

A. 罗兰特·罗切斯特先生　　B. 老罗切斯特先生

C. 老罗切斯特先生的夫人　　D. 爱德华先生自己

246. 简认为罗切斯特先生的情绪反复起伏的原因(　　)。

A. 是自己的衣着　　B. 是自己的工作

C. 是自己的性格　　D. 与自己不相干

247. 在桑菲尔德府的晚间时光,罗切斯特先生让阿黛勒到一旁玩的口吻有些(　　)。

A. 和蔼　　B. 愉快　　C. 讥讽　　D. 严酷

248. 在桑菲尔德府的晚间时光,罗切斯特先生请费尔法克斯太太过来时,她手中拿的是(　　)。

A. 一本书　　B. 编织篮　　C. 一个托盘　　D. 一杯咖啡

249. 在桑菲尔德府的晚间时光,罗切斯特先生请费尔法克斯太太过来,是为了(　　)。

A. 吩咐她帮自己拿一本书

B. 吩咐她雇佣一个仆人

C. 吩咐她晚餐的内容

D. 让她听阿黛勒讲礼物的事,不至于打扰自己

250. 在桑菲尔德府的晚间时光,简习惯坐在阴影里,后来按罗切斯特先生的吩咐坐在了(　　)。

A. 罗切斯特先生的旁边　　B. 阴影里

C. 拱门处　　D. 炉火旁

251. 罗切斯特先生认为简对他容貌的评价(　　)。

A. 很有礼貌　　B. 很客观

C. 很让人满意　　D. 像在耳朵下捅了一刀

252. 简认为罗切斯特先生的前额缺乏(　　)的迹象。

A. 理智　　B. 仁慈敦厚　　C. 冷酷　　D. 严肃

253. 罗切斯特先生告诉简,他曾有过一种原始的(　　)。

A. 善良　　B. 同情　　C. 柔情　　D. 理智

254. 罗切斯特先生认为简(　　)的神情与简很相称。

A. 迷惑　　B. 愉悦　　C. 冷漠　　D. 直率

255. 罗切斯特先生邀请简下楼的第一天晚上,简让他(　　)。

A. 同情　　B. 尊敬　　C. 满意　　D. 迷惑不解

256. 罗切斯特先生想进一步了解简,让她说说她自己,简对罗切斯特先生这一要求的反应是(　　)。

A. 侃侃而谈　　B. 一声不吭

C. 礼貌地拒绝　　D. 冷漠离开

257. 简认为罗切斯特先生所说的优越感取决于(　　)。

A. 性格　　B. 年龄

C. 对时间和经历的利用　　D. 财产

258. 罗切斯特先生认为,为了(　　),大多数自由人对什么都会屈服。

A. 薪金　　B. 权力　　C. 权利　　D. 平等

259. 罗切斯特先生认为简回答问题的态度(　　),并不常见。

A. 谦和有礼　　B. 友善　　C. 委婉　　D. 坦率诚恳

260. 罗切斯特先生认为(　　)是身心愉快的永不枯竭的源泉。

A. 心态　　B. 没有污点的记忆

C. 健康的身体　　D. 温馨的家庭

261. 罗切斯特先生认为简的高明之处在于(　　)。

A. 享受生活　　B. 谈论自己

C. 倾听别人谈论他们自己　　D. 远离周围一切人事

262. 罗切斯特先生认为(　　)是生活的毒药。

A. 悔恨　　B. 嫉妒　　C. 仇恨　　D. 邪恶

263. 不管多大代价,罗切斯特先生都想获得(　　)。

A. 无与伦比的财富　　B. 至高无上的权力

C. 荣耀　　　　　　　　　　　D. 快乐

264. 罗切斯特先生将对蜜蜂酿的野蜂蜜一无所知的简比作(　　)。

A. 石膏　　　B. 豆腐　　　C. 浮雕头像　　　D. 茶杯

265. 罗切斯特先生所说的话中,简说她能理解的是(　　)。

A. 悔恨是生活的毒药

B. 玷污了的记忆是一个永久的祸根

C. 悔改可以治疗悔恨

D. 来自永恒王座的使者是一个勾引者

266. 罗切斯特先生以(　　)的名义起誓不滥用格言。

A. 家神　　　B. 真主　　　C. 天使　　　D. 自己

267. 罗切斯特先生认为(　　)的束缚在简身上留下了痕迹。

A. 家庭　　　　　　　　　　　B. 教师的职业思想

C. 宗教　　　　　　　　　　　D. 罗沃德

268. 罗切斯特先生在同简说话的时候,还注意着(　　),她还没准备好上床。

A. 索菲娅　　　　　　　　　　B. 费尔法克斯太太

C. 阿黛勒　　　　　　　　　　D. 派洛特

269. 罗切斯特先生和简谈话时,阿黛勒从箱子中取出了(　　),脸上充满喜悦。

A. 一个布娃娃　　　　　　　　B. 一件粉红色丝绸小上衣

C. 一本书　　　　　　　　　　D. 一个珍珠发饰

270. 阿黛勒拿到罗切斯特先生送的礼物后,就与索菲娅去(　　)。

A. 试装　　　B. 看书　　　C. 做游戏　　　D. 唱歌

271. 罗切斯特先生收养阿黛勒的主要原因是(　　)。

A. 阿黛勒很可爱,自己很喜欢　　B. 阿黛勒与她的母亲很像

C. 自己缺少一个孩子　　　　　D. 罗马天主教教义

272. 阿黛勒的母亲是(　　)。

A. 教师　　　B. 牧师　　　C. 歌剧演员　　　D. 护士

273. 罗切斯特先生在庭院偶遇简和阿黛勒后,邀请简(　　)。

A. 用茶点　　B. 散步　　C. 一起出门　　D. 骑马

274. 阿黛勒是(　　)的女儿。

A. 赛莉纳·瓦伦　　B. 简

C. 派洛特　　D. 费尔法克斯太太

275. 赛莉纳·瓦伦是(　　)的歌剧演员。

A. 英国　　B. 法国　　C. 荷兰　　D. 意大利

276. 罗切斯特向(　　)讲诉他与赛莉纳·瓦伦的情感故事。

A. 费尔法克斯太太　　B. 简

C. 阿黛勒　　D. 约翰

277. 罗切斯特先生在同简讲述赛莉纳·瓦伦的时候,突然想要(　　)。

A. 大笑　　B. 摘花　　C. 抽雪茄　　D. 流泪

278. 罗切斯特先生突然拜访赛莉纳的晚上,赛莉纳·瓦伦是如何回来的?(　　)。

A. 乘坐罗切斯特先生送的马车　　B. 步行

C. 乘坐公共马车　　D. 乘坐一辆轿车

279.《麦克白》是(　　)写的。

A. 莎士比亚　　B. 普希金　　C. 马尔克斯　　D. 莫言

280. 当赛莉纳·瓦伦和年轻的恶少谈论罗切斯特时,罗切斯特在(　　)。

A. 床底　　B. 柜子里　　C. 阳台　　D. 桌下

281. 当简·爱知道阿黛勒是私生女时,对阿黛勒的态度如何?(　　)。

A. 轻视她　　B. 更加疼爱她

C. 冷落她　　D. 抛弃她

282. 罗切斯特约那位与赛莉纳·瓦伦谈论他的子爵在(　　)决斗。

A. 布洛尼湖畔　　B. 莱茵湖畔

C. 布洛尼树林　　D. 莱茵草地

283. 简为什么期待并乐意每天晚上听罗切斯特的讲诉?(　　)。

A. 她希望有人陪伴她

B. 她期待接受新的观念、新的领域

C. 她喜欢罗切斯特

D. 她渴望自由

284. 简想更加靠近罗切斯特,因为(　　)。

A. 他友好坦诚　　B. 他是简的亲戚

C. 他给简带来好处　　D. 他高富帅

285. 罗切斯特一般每次在桑菲尔德庄园待(　　)周。

A. 一　　B. 两　　C. 四　　D. 八

286. 罗切斯特卧室着火的那夜,简半夜听到(　　)传来的古怪声。

A. 窗户外　　B. 楼上　　C. 隔壁房间　　D. 客厅

287. 罗切斯特卧室着火的那夜,简半夜听到古怪笑声的第一反应是(　　)。

A. 闩好门　　B. 关好窗　　C. 点上灯盏　　D. 钻进被子

288. 第一次失火,(　　)把罗切斯特从沉睡中惊醒。

A. 简的呼叫声　　B. 费尔法克斯太太的叫声

C. 水倾倒的哗啦声　　D. 阿黛勒的哭声

289. 简用(　　)扑灭罗切斯特卧室的火。

A. 湿被子　　B. 水罐子　　C. 衣服　　D. 扫把

290. 罗切斯特在袒露他与演员赛莉纳·瓦伦的情感后,简每次(　　)与罗切斯特见面。

A. 期待　　B. 害怕　　C. 厌恶　　D. 躲避

291. 罗切斯特知道是简把他从火中救了出来,感到(　　)。

A. 难以忍受　　B. 不好意思

C. 高兴　　D. 不是一种负担

二、多项选择题

1. 盖茨黑德府客厅的隔壁是个小餐室,里面(　　)。

A. 有个书架　　B. 有绯红色的波纹窗帘

C. 藏有里德太太的首饰盒　　D. 有简喜欢看的书

E. 有简最喜欢的玩具

2. 当简躲在餐室窗台看书时,(　　)。

A. 心里乐滋滋的　　B. 自得其乐　　C. 觉得很委屈

D. 怕别人来打扰　　E. 觉得很无趣

3. 约翰·里德对简的称呼有(　　)。

A. 堂妹　　B. 琼　　C. 坏畜生

D. 苦恼小姐　　E. 耗子

4. 以下符合对约翰·里德的描述有:(　　)。

A. 又大又胖　　B. 一副病容　　C. 暴饮暴食

D. 脸色灰暗　　E. 目光迟钝

5. 简被约翰·里德打了之后,称其为(　　)。

A. 杀人犯　　B. 奴隶监工　　C. 罗马皇帝

D. 法西斯　　E. 独裁者

6. 简在餐室被约翰·里德打得头破血流之后,(　　)。

A. 忍气吞声　　B. 不再畏惧　　C. 嚎叫着

D. 和他对打反抗　　E. 大声求助

7. 简提到的古罗马的暴君包括(　　)。

A. 尼禄　　B. 卡利古拉　　C. 希特勒

D. 奥古斯都　　E. 克劳狄乌斯

8. 盖茨黑德府的侍女们如何看待简的行为?(　　)。

A. 认为她的举动非常可怕

B. 认为她连仆人都不如

C. 觉得简忘恩负义

D. 简常常被约翰虐待,里德太太应该好好教育约翰

E. 认为简不应该不干事、吃白食

9. 以下对红房子的描述正确的是(　　)。

A. 很少有人在里面过夜

B. 府里的卧室中最宽敞、最堂皇的

C. 窗帘终日紧闭

D. 有一把大安乐椅

E. 床上铺着白色的床罩

10. 在简看来,伊丽莎是怎样的人?(　　)。

A. 美丽　　B. 自私任性　　C. 心肠狠毒

D. 受仆人们尊敬　　E. 人见人爱

11. 以下关于乔治亚娜的信息正确的是(　　)。

A. 好使性子　　B. 心肠狠毒　　C. 目空一切

D. 面颊红润　　E. 热情善良

12. 盖茨黑德府的人不喜欢简的原因有(　　)。

A. 简的个性嗜好都与他们泾渭分明

B. 简不能给他们增添欢乐

C. 简总是弄死府上的小动物

D. 简目空一切,自私自利

E. 简没有接受良好的教育

13. 简因(　　)与盖茨黑德府的人泾渭分明。

A. 权力　　B. 素质　　C. 个性

D. 身份　　E. 嗜好

14. 在里德太太眼里,简是怎样的一个孩子?(　　)。

A. 喜欢顶嘴　　B. 是个早熟的演员　　C. 为人阴险

D. 本性恶毒　　E. 灵魂卑劣

15. 红房子事件后,当简阅读她曾经珍爱的书时,她是怎样的感受?(　　)。

A. 比童话还有趣　　B. 怪异　　C. 凄凉

D. 刺激　　E. 引人入胜

16. 以下对盖茨黑德府的药剂师的描述正确的有(　　)。

A. 他的眼睛并不明亮　　B. 他是劳埃德先生

C. 是一位内科医生　　D. 面相既严厉又温厚

E. 眼睛是灰色的

17. 红房子事件中,是(　　)使简病了好几日。

A. 被表兄约翰打到

B. 被单独关进红房子

C. 因为没有父母、兄弟姐妹而不愉快

D. 红房子里真的闹鬼

E. 自己摔了一跤

18. 在儿时的简看来,贫穷(　　)。

A. 是堕落的别名

B. 与衣衫褴褛、食品匮乏联系在一起

C. 与行为粗鲁联系在一起

D. 与低贱的恶习联系在一起

E. 是冷酷无情的

19. 当被问及是否愿意去上学时,简为之心动,跃跃欲试,是因为(　　)。

A. 可以和表兄妹一起上学

B. 学校的老师都和蔼可期

C. 上学意味着和盖茨黑德决裂

D. 从贝茜那里听说学校的学习内容丰富

E. 上学可彻底变换环境

20. 红房子事件后,里德太太对简如何?(　　)。

A. 很少理睬　　B. 破口大骂　　C. 越来越厌恶

D. 偶尔动手打骂　　E. 和气多了

21. 红房子事件后,盖茨黑德府的表兄妹们对简如何?(　　)。

A. 表姐妹们很少与她搭讪

B. 表兄偶尔仍想对她动武

C. 表兄收敛很多

D. 对她和颜悦色

E. 大家和平共处

22. 盖茨黑德府庆祝圣诞节元旦等节日期间,简是如何度过这些时光的?(　　)。

A. 享受与她无缘

B. 她每日的乐趣是观察表姐妹的装束

C. 倾听楼下的音乐声

D. 独自度过黑暗孤独的夜晚

E. 每晚抱着破旧的玩偶入睡

23. 以下简对贝茜的评价正确的是(　　)。

A. 总是那么讨人喜欢

B. 和颜悦色时,她是人世间最善良、最漂亮的人

C. 具有讲故事的天赋

D. 身材苗条、五官端正

E. 缺乏原则性和正义感

24. 盖茨黑德府中让简心寒的地方有哪些?(　　)。

A. 餐室　　B. 保育室　　C. 客厅

D. 早餐室　　E. 厨房

25. 简对布罗克赫斯特先生的第一印象是(　　)。

A. 非常幽默

B. 就像是笔直、狭小、裹着貂皮的东西立在地毯上

C. 有一张凶神恶煞般的脸

D. 是一位穿着考究的贵族

E. 他的脸就像是一个假面具置于柱子顶端

26. 在盖茨黑德府,布罗克赫斯特先生问简的问题有(　　)。

A. "你是个好孩子吗?"

B. "地狱是什么地方?"

C. "你知道坏人死后到哪里去吗?"

D. "你叫什么名字?"

E. "你早晚都祷告吗?"

27. 根据布罗克赫斯特先生所述,以下关于罗沃德学校风气正确的是(　　)。

A. 吃得简单　　B. 穿得朴实　　C. 住得随便

D. 气氛活跃　　E. 关系融洽

28. 以下对中年时的里德太太的描述正确的有(　　)。

A. 体魄强健　　B. 皮肤黝黑而灰暗　　C. 穿着讲究

D. 心地善良　　E. 掌管着盖茨黑德府的产业

29. 在贝茜看来,简是怎样的孩子?(　　)。

A. 直率　　B. 胆小　　C. 鲁莽

D. 怕难为情　　E. 古怪

30. 简对罗沃德的第一印象包括(　　)。

A. 又阔又长的房间里坐着多得难以计数的姑娘

B. 食物可口充足

C. 姑娘们的年龄都在九、十岁到二十岁之间

D. 姑娘们都穿着古怪

E. 炉火烧得屋里非常温暖

31. 为什么简觉得罗沃德的姑娘们看上去像一群怪人?(　　)。

A. 她们的头发全都从脸上梳到后头,看不见一绺鬈发

B. 她们的装束全都一样,而且与她们的年龄极不相称

C. 她们穿的鞋子是乡下做的

D. 她们的衣服是褐色的

E. 她们都不漂亮

32. 以下对罗沃德花园的描述正确的是(　　)。

A. 花园被分割成许多小小的苗圃

B. 花园里总是鲜花怒放

C. 花园里的每个苗圃都有主人

D. 花园一侧是一条回廊

E. 罗沃德的姑娘们在花园里培植花草

33. 对布罗克赫斯特先生的描述正确的是(　　)。

A. 他是个牧师

B. 他住在一个大庄园里

C. 他的母亲是罗沃德的捐助人之一

D. 他和妻女住在罗沃德

E. 他是罗沃德学校的校长

34. 斯卡查德小姐负责罗沃德的哪些课程?(　　)。

A. 法语　　B. 历史　　C. 语法

D. 地理　　E. 音乐

35. 罗沃德的晚间玩耍时光是简最愉快的时刻,那是因为(　　)。

A. 这时的纪律没那么严格

B. 炉火把房间照得更亮些

C. 可以吃一些小点心恢复活力

D. 教室里比较暖和

E. 姑娘们可以自由地玩耍

36. 海伦认为她自己有哪些缺陷,才使得斯卡查德小姐生气?(　　)。

A. 邋遢　　B. 做事没有条理　　C. 喜欢撒谎

D. 粗心　　E. 东西整理不好

37. 假如罗沃德发生早饭烧焦无法用餐的情况,布罗克赫斯特先生会如何处理?(　　)。

A. 发表简短讲话,宣扬早期基督徒所受的苦难

B. 在精神上开导学生,鼓励她们发扬坚韧不拔的精神

C. 惩罚厨房的工人

D. 给学生提供点心,以表示他的慷慨

E. 带头用餐,以体现其吃苦精神

38. 简在罗沃德期间,布罗克赫斯特先生首次到校时发生了什么?(　　)。

A. 指示坦普尔小姐学校的有关事宜

B. 向全校师生宣布简是个说谎者

C. 要求剪掉姑娘们的鬈发

D. 责备坦普尔小姐给姑娘们增加了点心

E. 他的家人巡视了学校

39. 布罗克赫斯特先生到罗沃德前,简在学校的表现如何?(　　)。

A. 在班上已经名列前茅　　B. 受到老师们的赞许

C. 遭到同学的排挤　　D. 受到同学们的欢迎

E. 已经开始学习绘画和法语

40. 简被布罗克赫斯特先生当众惩罚结束后,海伦是如何安慰她的?(　　)。

A. 大家都知道罗克赫斯特先生不是一个值得钦佩的人

B. 大多数胆子大的同学会同情简

C. 只要简继续好好表现,大家会表现出对简的友情

D. 只要自己问心无愧,就不会没有朋友

E. 如果我们确实清白无辜,天使们会承认我们的清白,我们不必因为忧伤而沉沦

41. 经过海伦的劝解和安慰后,简决定(　　)。

A. 向坦普尔小姐哭诉自己的遭遇

B. 不一味沉溺于怨恨

C. 说话恰如其分

D. 忘记对里德太太的怨恨

E. 不再理会其他同学的欺负

42. 以下对哈登太太的描述正确的是(　　)。

A. 罗沃德学校的管家

B. 给坦普尔小姐和两个客人送了三人份的点心

C. 和布罗克赫斯特先生一样冷酷

D. 是罗沃德的厨师

E. 对姑娘们很宽松

43. 简在坦普尔小姐寓所享受的盛宴包括(　　)。

A. 奶酪　　B. 果子饼　　C. 烤面包

D. 茶　　E. 黄油

44. 在坦普尔小姐的寓所,让简觉得十分吃惊的是(　　)。

A. 她自己竟然如此的喜悦和激奋

B. 海伦变得如此容光焕发

C. 海伦在坦普尔小姐面前如此滔滔不绝地表达她的想法

D. 坦普尔小姐的仪态那么端庄文雅

E. 她和海伦能享用美食

45. 简对海伦肃然起敬是因为(　　)。

A. 海伦掌握很多知识

B. 海伦读过很多书

C. 海伦和坦普尔小姐谈论很多简没听说过的事情

D. 海伦会拉丁文

E. 海伦对法国作者了如指掌

46. 简喜欢和玛丽·安·威尔逊相处是因为她(　　)。

A. 机灵　　B. 有头脑　　C. 活泼

D. 坦率　　E. 她的神态使人感到无拘无束

47. 病重的海伦相信上帝是她的(　　)。

A. 老师　　B. 创造者　　C. 父亲

D. 母亲　　E. 朋友

48. 海伦的墓碑上刻着(　　)。

A. 她的名字　　B. 复活　　C. 死亡

D. 疾病　　E. 上帝

49. 罗沃德的斑疹伤寒热披露了(　　)。

A. 学校的地点不利于健康

B. 孩子们的伙食量少质差

C. 学生们的衣着和居住条件很糟

D. 做饭用的水臭得令人恶心

E. 学校的资金不足

50. 重建学校,布罗克赫斯特先生和一些富有同情心的绅士们,知道怎样将(　　)结合起来。

A. 慷慨与关爱　　B. 同情与教导　　C. 怜悯与正直

D. 舒适与经济　　E. 理智与严格

51. 简认为坦普尔小姐担当了她的(　　)的角色。

A. 朋友　　B. 母亲　　C. 姐姐

D. 家庭教师　　E. 知己

52. 坦普尔小姐的婚礼结束后,简突然觉得真正的世界应该是充满(　　)的。

A. 希望　　B. 忧烦　　C. 刺激

D. 兴奋　　E. 贪婪

53. 在《先驱报》登广告找工作,必须将(　　)一起寄给报纸。

A. 广告　　B. 广告费　　C. 照片

D. 学历证书　　E. 介绍信

54. 在简的想象中，费尔法克斯太太(　　)。

A. 穿着黑色的长袍，带着寡妇帽　　B. 粗鲁

C. 索然无味　　D. 老派

E. 体面

55. 简就任新工作前，遇到了贝茜，并告诉她，自己学会了(　　)。

A. 弹钢琴　　B. 画画　　C. 绣花活

D. 拉小提琴　　E. 作曲

56. 以下对费尔法克斯太太的描述正确的是(　　)。

A. 一位非常整洁的矮小老妇人

B. 身穿黑色丝质长袍

C. 围着白色围裙

D. 头戴寡妇帽

E. 很和蔼

57. 费尔法克斯太太告诉简从十一月到次年二月，(　　)来过。

A. 卖肉的　　B. 送信的　　C. 乞讨的

D. 乡绅　　E. 没有人

58. 初到桑菲尔德府，简对这栋房子的印象是(　　)。

A. 是一座贵族的府邸

B. 是一座绅士的住宅

C. 楼梯和过道上弥漫着阴森的气氛，不像住家，更像教堂

D. 位于米尔科特地区，非常吵闹

E. 很清净

59. 简是如何学习法语的？(　　)。

A. 曾拜一个法国太太为师

B. 坚持背诵法语

C. 一有时间就和法语老师交流

D. 去巴黎学习

E. 在语调上狠下功夫

60. 阿黛勒朗诵短诗时,(　　),说明她受过悉心的训练。

A. 十分讲究抑扬顿挫　B. 语速很快　C. 仪态老练

D. 声调婉转　E. 动作得体

61. 对简和阿黛勒上课用的书房描述正确的是(　　)。

A. 有基础教育所需的各类书籍

B. 有一个画架

C. 有几部轻松的文学作品

D. 大部分书都可供上课直接使用

E. 有一架钢琴

62. 简从桑菲尔德府顶楼下来时,听到的笑声让简觉得(　　)。

A. 爽朗　B. 放松　C. 悲惨

D. 不可思议　E. 舒心

63. 费尔法克斯太太对简的印象是(　　)。

A. 性格温和　B. 心地善良　C. 具有中等的智力

D. 受过足够的教育　E. 慷慨大方

64. 简认为阿黛勒缺乏(　　)。

A. 个性特色

B. 非凡的才能

C. 超出一般儿童水平的特殊情趣

D. 韧性

E. 毅力

65. 简对阿黛勒的认可不是为了(　　)。

A. 迎合父母的利己主义

B. 附和时髦的高论

C. 支持骗人的空谈

D. 满足自己的成就感

E. 展示自己的能力

66. 对桑菲尔德府的格雷斯的描述正确的是(　　)。

A. 她的长相会引起别人对她的好奇心

B. 一脸凶相

C. 没有一点让人感兴趣

D. 非常唠叨

E. 非常严肃

67. 为什么初见罗切斯特先生时,他的无礼并不让简感到窘迫?(　　)。

A. 礼仪十足的接待会让简手足无措

B. 粗鲁任性可使简不必拘礼

C. 古怪的接待程序让简觉得很有意思

D. 简没有接受过礼仪教育

E. 礼仪让简非常厌烦

68. 为什么大家都不喜欢布罗克赫斯特先生?因为他(　　)。

A. 严酷　　B. 对功课要求严格　　C. 自负

D. 过于爱戴上帝　　E. 爱管闲事

69. 简认为布罗克赫斯特先生(　　)。

A. 严酷　　B. 自负　　C. 爱管闲事

D. 和蔼　　E. 热情

70. 简给罗切斯特先生画的几幅画,都有哪些背景?(　　)。

A. 海面　　B. 山峰　　C. 冰山的尖顶

D. 农场　　E. 教堂

71. 罗切斯特先生认为简的神态像小修女一样的(　　)。

A. 怪癖　　B. 严肃　　C. 单纯

D. 文静　　E. 庄重

72. 罗切斯特为什么喜欢桑菲尔德?因为桑菲尔德(　　)。

A. 古色古香　　B. 旷远幽静　　C. 金碧辉煌

D. 富丽堂皇　　E. 有艺术气息

73. 罗切斯特先生如何评价简的画作?(　　)。

A. 简的画已经捕捉到了她思想的影子

B. 缺乏足够的技巧和专门知识来淋漓尽致地表达其思想

C. 对一个女学生来说,画作的水平已经非同一般

D. 无法表达画者的思想

E. 很不满意

74. 罗切斯特先生到桑菲尔德府几周后对简的态度如何?(　　)。

A. 变化无常

B. 和简无话不谈

C. 没有动不动就露出傲慢的态度

D. 傲慢刻薄

E. 有时依然盛气凌人

75. 简认为罗切斯特先生具备哪些品质?(　　)。

A. 高傲刻薄　　B. 脾气好　　C. 准则高

D. 低趣味　　E. 旨趣纯

三、判断题

1. 简向来喜欢外出散步,所以体格和伊丽莎、约翰他们不相上下。(　)

2. 里德太太喜欢和她的子女们坐在炉边的沙发上,因为她的宝贝们从来不吵闹。(　)

3. 当约翰·里德去餐室找简时,简正躲在窗台上读《圣经》。(　)

4. 简躲在里德太太家的餐室窗台看书。虽然她对文字部分一般不感兴趣,但是有几页导言,却不愿当作空页随手翻过。(　)

5. 贝茜心情不错时会给简讲故事,这些故事往往是一些爱情和冒险故事。(　)

6. 约翰·里德"身体虚弱"的原因是用功过度。(　)

7. 约翰·里德对母亲和姐妹都亲切热情,唯独对简极度厌恶。(　)

8. 约翰·里德认为过几年盖茨黑德府整座房子都是他的。(　)

9. 盖茨黑德府女佣艾博特对简被约翰殴打一事很是同情。(　)

10. 简反抗约翰·里德后,盖茨黑德府的女仆们准备用袜带绑住她。(　)

11. 当盖茨黑德府的女仆们准备把简关进红房子时,简第一次听到这样的暗示:她是依赖别人过活的。(　)

12. 盖茨黑德府的红房子是一间空房间，很少有人在里面过夜。（ ）

13. 伊丽莎白拥有红润的面颊、金色的鬈发，使得她人见人爱。（ ）

14. 被关进红房子后，简被彻底吓懵了。（ ）

15. 简是里德先生的外甥女。（ ）

16. 简的母亲是里德先生的姐姐。（ ）

17. 简在红房子里发疯般的尖叫，所以里德太太赶紧让她出来。（ ）

18. 简在红房子受到了惊吓，拼命摇动门锁，而艾博特却认为简是故意乱叫乱嚷。（ ）

19. 红房子的闹剧，最终以简的昏厥告终。（ ）

20. 简在红房子中昏倒了，醒来时发现自己就躺在红房子里那张大床上。（ ）

21. 简被关进红房子昏倒后醒来看到的第一个人是药剂师劳埃德先生。（ ）

22. 从红房子回到卧室后，简终于可以安稳地睡一觉了。（ ）

23. 红房子事件给简留下了严重后遗症。（ ）

24. 在简看来，贝茜的歌喉甜美。（ ）

25. 红房子事件后，贝茜认为简的情况很糟糕，所以两次叫来药剂师看望简。（ ）

26. 盖茨黑德府有一条规矩，就是准时吃饭。（ ）

27. 在盖茨黑德府，简拥有和蔼可亲的舅母和表兄妹们。（ ）

28. 如果有别的亲戚，甚至是贫穷的亲戚，简是愿意过去和他们一起生活的。（ ）

29. 当第一次被建议送简去学校时，里德太太是拒绝的，因为学费太贵。（ ）

30. 简的父母死于同一疾病。（ ）

31. 简被送去学校前，在盖茨黑德和大家一起喜气洋洋地庆祝了圣诞节和元旦。（ ）

32. 在盖茨黑德府庆祝圣诞节等节日时，贝茜常常在夜晚陪着简，这使她非常愉悦。（ ）

33. 盖茨黑德府中，简最喜欢的人是贝茜。（ ）

34. 简的表姐妹中，伊丽莎很有做买卖的才干。（ ）

35. 艾博特常常把简当成保育室的女佣下手使唤。（ ）

36. 住在盖茨黑德府时，唯一让简觉得有趣的是常常来一些有趣的客人。（ ）

37. 红房子事件后，当简再次被叫到里德太太跟前时，她因为早上没有顾上洗手抹脸，所以吓得直打哆嗦，不敢走进大厅。（ ）

38. 在盖茨黑德府时，简很喜欢读《诗篇》。（ ）

39. 简觉得赞美诗很乏味。（ ）

40. 里德太太希望简假期时从罗沃德回到盖茨黑德府。（ ）

41. 布罗克赫斯特先生送给简的《儿童指南》一书记录了罗沃德的校规校纪。（ ）

42. 简第一次向里德太太复仇之后决定求得她的宽恕。（ ）

43. 简第一次向里德太太复仇之后内心非常舒畅，之后很快被一本阿拉伯故事书吸引了。（ ）

44. 简离开盖茨黑德时，独自收拾了行李，带走了她最喜爱的玩偶。（ ）

45. 简独自出发去罗沃德，没有人陪同。（ ）

46. 简离开盖茨黑德府的早上，因为出门的兴奋而吃不下早饭。（ ）

47. 简离开盖茨黑德府的早上，表兄妹们和她依依不舍告了别。（ ）

48. 简去罗沃德上学时乘坐的马车是里德太太特意为她安排的。（ ）

49. 去罗沃德的马车赶了一天路，中间没有停歇，终于提前到达了目的地。（ ）

50. 去罗沃德的途中，简虽然孤身一人，但是无比激动，更顾不上害怕。（ ）

51. 去罗沃德途中,狂风在林中呼啸,仿佛就像催眠曲,简倒头睡着了。( )

52. 到达罗沃德后,迎接简的人是米勒小姐。( )

53. 简在罗沃德上的第一堂课是坦普尔小姐的地理课。( )

54. 罗沃德有一个花园,花园四周是大片的空地。在那里,姑娘们可以培植花草。( )

55. 罗沃德的姑娘们最喜欢来到花园活动,在这里,她们奔来跑去,异常活跃。( )

56. 罗沃德是一个半慈善性质的学校。( )

57. 罗沃德的孩子们不是失去了爹或妈,就是父母都没有了,所以叫作教育孤儿的学校。( )

58. 布罗克赫斯特先生是罗沃德学校的司库和管事,他就住在学校。( )

59. 简在罗沃德认识了好友海伦,她是一个孤儿。( )

60. 海伦经常因为答不出老师的提问而被惩罚。( )

61. 在罗沃德的夜晚,简耳朵贴窗上,听到外面寒风凄厉的呻吟,她伤心不已,想念盖茨黑德衣食无忧的生活。( )

62. 海伦上课时总是走神,不管老师是谁都是如此。( )

63. 当罗沃德的姑娘们从教堂回到学校,她们都可以在壁炉边烤火取暖。( )

64. 布罗克赫斯特先生要求罗沃德的姑娘们打扮朴素,对家人的要求也是如此。( )

65. 布罗克赫斯特先生要求罗沃德的姑娘们打扮朴素,而他的夫人和女儿却穿着华丽。( )

66. 坦普尔小姐要求给学生们增加面包奶酪当点心,原因是当天早餐的粥烧焦了。( )

67. 布罗克赫斯特先生到达罗沃德后,简过于紧张,以至于摔落了写字板,吸引了大家的目光。( )

68. 简因为摔坏了写字板而受到坦普尔小姐的惩罚。( )

69. 当布罗克赫斯特先生当众声称简是个说谎者时,简已经镇定自

若了。(　)

70. 海伦被斯卡查德小姐惩罚第二天午饭只能吃面包和清水,原因是海伦弄脏了练习簿。(　)

71. 当简在凳子上被罚站示众时,海伦眼中的光芒给了她支持,使她坚定地站下去。(　)

72. 简被布罗克赫斯特先生当众惩罚结束后,身心疲惫。海伦给她送来晚餐后,她狼吞虎咽地吃了下去。(　)

73. 舅舅去世后,简被里德舅妈主动收养了。(　)

74. 坦普尔小姐在寓所招待简和海伦的时候,厨房给她们送来了三人份的点心。(　)

75. 海伦的父亲曾教她拉丁文。(　)

76. 在上学几周之后,简已不愿再拿贫困的罗沃德去换取终日奢华的盖茨黑德。(　)

77. 病重的海伦告诉简,夺去她生命的这种疾病温和而缓慢,不痛苦。(　)

78. 简离开床位去偷偷看望病重的海伦被发现后,受到了严厉的责备。(　)

79. 简认为《拉塞拉斯》是一部正规的自传。(　)

80. 罗沃德学校重建后,经费委托给了布罗克赫斯特管理。(　)

81. 简认为这几年来,她的经历就是学校的规章制度。(　)

82. 假期,里德太太是将简接回了盖茨黑德度过的。(　)

83. 简将找工作的广告寄出去后,收到了几十封回信。(　)

84. 在简准备就任新工作时,遇到贝茜。贝茜告诉简,乔治亚娜小姐和里德小姐的关系很好。(　)

85. 在简准备就任新工作时,遇到贝茜。贝茜告诉简,约翰·里德很没有出息。(　)

86. 贝茜和简再次相见时,贝茜认为简是一位大家闺秀。(　)

87. 简一到米尔科特镇,就已经有人过来接她了。(　)

88. 瓦伦小姐是费尔法克斯太太的女儿。(　)

89. 简在习惯上并不注意自己的外表。(　)

90. 简一直希望自己能够长得标致些。(   )

91. 皮埃罗夫人会说法语。(   )

92. 弗雷德里克夫妇是阿黛勒家的亲戚。(   )

93. 阿黛勒在认识弗雷德里克太太之后认识了罗切斯特先生。(   )

94. 罗切斯特先生的佃户们认为他是一个公正的人。(   )

95. 简看到帮助莉娅干家务活的女人,觉得她更像一个鬼魂了。(   )

96. 简认为女人应该平平静静的。(   )

97. 简在路上遇到的骑手骑马在薄冰上滑倒了,但没有受伤。(   )

98. 当见到自己所尊崇的品质出现在男性躯体中时,简会避之不及。(   )

99. 骑手落马后,简帮赶路人去海村叫人帮忙了。(   )

100. 阿黛勒对罗切斯特先生带来的小匣子很感兴趣。(   )

101. 罗切斯特先生在乡下总是忙到很晚才睡。(   )

102. 在画画方面,简对自己饱含热情的劳动成果很满意。(   )

103. 罗切斯特先生情绪反复,却并没有让简感到生气,因为她觉得这种变化与她无关。(   )

104. 简认为罗切斯特先生长得很漂亮。(   )

105. 罗切斯特先生认为自己是一般意义上的慈善家。(   )

106. 简绝对不会把不拘礼节错当成蛮横无理。(   )

107. 罗切斯特先生认为忏悔治不了悔恨。(   )

108. 简认为罗切斯特先生就像圣人一样,不会出错。(   )

109. 罗切斯特先生收养阿黛勒多半是按照罗马天主教教义,用做一件好事来赎无数大大小小的罪孽。(   )

110. 赛莉纳认为罗切斯特长得很像阿波罗一样优美。(   )

111. 当瓦伦和年轻的恶少谈论罗切斯特时,罗切斯特已离开阳台。(   )

112. 扑灭罗切斯特卧室的火后,简叫来了费尔法克斯太太。(   )

113. 罗切斯特卧室的火被扑灭后,简和罗切斯特一起去三楼查

看。(　)

114. 罗切斯特让简不要向其他人说半夜失火的详情。(　)

115. 阿黛勒的哭声把罗切斯特从大火中惊醒。(　)

116. 简扑灭罗切斯特卧室的火后,回去安稳地睡觉了。(　)

117. 简猜测莉娅是罗切斯特卧室着火的元凶。(　)

参考答案

一、单项选择题

1. B	**2**. D	**3**. A	**4**. B	**5**. C	**6**. D	**7**. C	**8**. A
9. D	**10**. B	**11**. C	**12**. A	**13**. C	**14**. B	**15**. C	**16**. B
17. B	**18**. D	**19**. D	**20**. B	**21**. A	**22**. C	**23**. D	**24**. B
25. A	**26**. D	**27**. A	**28**. C	**29**. A	**30**. C	**31**. B	**32**. A
33. B	**34**. A	**35**. C	**36**. A	**37**. D	**38**. A	**39**. B	**40**. D
41. A	**42**. B	**43**. B	**44**. D	**45**. C	**46**. A	**47**. D	**48**. A
49. B	**50**. C	**51**. A	**52**. C	**53**. B	**54**. A	**55**. B	**56**. B
57. A	**58**. D	**59**. D	**60**. A	**61**. B	**62**. C	**63**. A	**64**. C
65. C	**66**. A	**67**. C	**68**. B	**69**. A	**70**. B	**71**. A	**72**. D
73. A	**74**. C	**75**. A	**76**. A	**77**. B	**78**. C	**79**. A	**80**. C
81. C	**82**. A	**83**. B	**84**. A	**85**. D	**86**. C	**87**. A	**88**. C
89. A	**90**. A	**91**. C	**92**. A	**93**. C	**94**. A	**95**. C	**96**. A
97. C	**98**. C	**99**. A	**100**. B	**101**. A	**102**. A	**103**. B	**104**. B
105. A	**106**. C	**107**. D	**108**. A	**109**. C	**110**. A	**111**. D	**112**. C
113. A	**114**. C	**115**. B	**116**. A	**117**. D	**118**. A	**119**. B	**120**. C
121. B	**122**. A	**123**. D	**124**. C	**125**. A	**126**. A	**127**. C	**128**. B
129. B	**130**. A	**131**. A	**132**. C	**133**. B	**134**. A	**135**. D	**136**. A
137. C	**138**. B	**139**. D	**140**. A	**141**. C	**142**. B	**143**. D	**144**. A
145. C	**146**. B	**147**. D	**148**. A	**149**. C	**150**. B	**151**. D	**152**. A
153. C	**154**. B	**155**. D	**156**. A	**157**. C	**158**. A	**159**. D	**160**. A
161. C	**162**. A	**163**. B	**164**. D	**165**. C	**166**. A	**167**. B	**168**. D
169. C	**170**. A	**171**. B	**172**. D	**173**. C	**174**. A	**175**. B	**176**. D

177. C　178. B　179. B　180. A　181. D　182. C　183. B　184. A
185. D　186. C　187. B　188. D　189. A　190. C　191. B　192. D
193. A　194. C　195. B　196. D　197. A　198. C　199. B　200. D
201. B　202. A　203. C　204. D　205. B　206. A　207. C　208. D
209. B　210. A　211. C　212. B　213. D　214. A　215. C　216. B
217. D　218. A　219. C　220. B　221. C　222. A　223. D　224. B
225. D　226. C　227. A　228. B　229. D　230. C　231. A　232. A
233. B　234. C　235. D　236. B　237. A　238. C　239. C　240. B
241. A　242. D　243. C　244. B　245. A　246. D　247. C　248. B
249. D　250. A　251. D　252. B　253. C　254. A　255. D　256. B
257. C　258. A　259. D　260. B　261. C　262. A　263. D　264. C
265. B　266. A　267. D　268. C　269. B　270. A　271. D　272. C
273. B　274. A　275. B　276. B　277. C　278. A　279. A　280. C
281. B　282. C　283. B　284. A　285. B　286. B　287. A　288. C
289. B　290. A　291. D

二、多项选择题

1. ABD　2. ABD　3. BCDE　4. ABCDE　5. ABC
6. BCD　7. AB　8. ABCE　9. ABCDE　10. BD
11. ABCD　12. AB　13. CDE　14. ABCDE　15. BC
16. ABDE　17. ABC　18. ABCDE　19. CDE　20. AC
21. AB　22. ABCDE　23. BCDE　24. ACD　25. BCE
26. ABCDE　27. ABC　28. ABCE　29. BCD　30. ACD
31. AB　32. ACDE　33. ABC　34. BC　35. ABCDE
36. ABDE　37. AB　38. ABCDE　39. ABD　40. ABCDE
41. BC　42. AC　43. BCD　44. BC　45. ABCDE
46. ABE　47. BCE　48. AB　49. ABCD　50. CDE
51. BD　52. ABCD　53. AB　54. ACDE　55. ABC
56. ABCDE　57. AB　58. BCE　59. ABCE　60. ADE
61. ABCE　62. CD　63. ABCD　64. ABC　65. ABC
66. BCE　67. ABC　68. ACE　69. ABC　70. ABC

71. ABCD 72. AB 73. ABC 74. BCE 75. ABCE

三、判断题

1. 错 2. 错 3. 错 4. 对 5. 对 6. 错 7. 错
8. 对 9. 错 10. 对 11. 错 12. 对 13. 错 14. 错
15. 对 16. 错 17. 错 18. 对 19. 对 20. 错 21. 对
22. 错 23. 错 24. 对 25. 错 26. 对 27. 错 28. 错
29. 错 30. 对 31. 错 32. 错 33. 对 34. 对 35. 错
36. 错 37. 错 38. 错 39. 对 40. 错 41. 错 42. 错
43. 错 44. 错 45. 对 46. 对 47. 错 48. 错 49. 错
50. 错 51. 对 52. 错 53. 错 54. 错 55. 错 56. 对
57. 对 58. 错 59. 错 60. 错 61. 错 62. 错 63. 错
64. 错 65. 对 66. 对 67. 对 68. 错 69. 对 70. 对
71. 对 72. 错 73. 错 74. 错 75. 对 76. 对 77. 对
78. 错 79. 错 80. 错 81. 对 82. 错 83. 错 84. 错
85. 对 86. 对 87. 错 88. 错 89. 对 90. 对 91. 对
92. 错 93. 错 94. 对 95. 错 96. 错 97. 错 98. 对
99. 错 100. 对 101. 错 102. 错 103. 对 104. 错 105. 错
106. 对 107. 对 108. 错 109. 对 110. 错 111. 错 112. 错
113. 错 114. 对 115. 错 116. 错 117. 错

卷　二

内容简介

房间着火的那夜之后，罗切斯特先生便出门了。回来后，他经常在桑菲尔德庄园举行舞会。一次宴会上，罗切斯特向漂亮的英格拉姆小姐大献殷勤。他还坚持要简也到客厅里去，客人们对简的态度十分傲慢，而罗切斯特却邀请简跳舞。此时罗切斯特已爱上了简，而简也感觉到自己对罗切斯特产生了感情。

罗切斯特短暂外出期间，家里来了一个蒙着盖头的吉卜赛人，坚持要给大家算命。当轮到简时，简发现这个神秘的吉卜赛人就是罗切斯特，他想借此试探简对他的感情。庄园里又来了个名叫梅森的陌生人，当晚他被三楼的神秘女人咬伤了。在简的帮助下，罗切斯特把他秘密送走了。

不久，里德太太派人来找简，说她病危，要见简一面。简回到舅母家中，里德太太给了她一封信。那是三年前简的叔父寄来的，向她打听侄女的消息，信中提到他打算把自己的遗产交给简。但里德太太谎称简在罗沃德学校病死了，直到临终前才良心发现，把真相告诉了简。

简又回到桑菲尔德庄园时，感觉就像回到家一样。当时人们都在猜测罗切斯特会向英格拉姆小姐求婚。罗切斯特却向简求爱，简答应了，幸福地筹备婚礼。婚礼前夜，简从梦中惊醒，看到一个身材高大、面目可憎的女人正在戴她的婚纱，然后把婚纱的面罩撕成碎片。罗切斯特告诉她那不过是一个梦，可是第二天当简醒来时，发现婚纱的面罩真的成了碎片。

婚礼上，不速之客闯进了教堂，声称罗切斯特有妻子，婚礼不能进行。原来,罗切斯特15年前娶了梅森先生的妹妹伯莎·梅森为妻。罗切斯特承认了这一事实,并带着大家到三楼看那个被关着的疯女人,那就是他的合法妻子。她有遗传性精神病,就是她在罗切斯特的房间放火,也是她撕碎简婚纱的面罩。法律阻碍了简和罗切斯特的爱情,两人陷入深深的痛苦之中。

自我检测

一、单项选择题

292. 罗切斯特卧室着火事件之后,简对格雷斯·普尔的态度是(　　)。

A. 感谢　B. 猜疑　C. 不满　D. 冷漠

293. 罗切斯特卧室着火事件之后,格雷斯·普尔的情绪是(　　)。

A. 恐惧　B. 负罪感　C. 和平常一样　D. 不淡定

294. 当简质问格雷斯·普尔着火事件时,格雷斯·普尔的态度是(　　)。

A. 慌张　B. 紧张　C. 镇静　D. 不在意

295. 简和谁的房间离罗切斯特房间最近?(　　)。

A. 阿黛勒　B. 格雷斯·普尔

C. 莉娅　D. 费尔法克斯太太

296. 罗切斯特卧室着火事件后,简质问格雷斯·普尔,而对方的态度让她感到(　　)。

A. 目瞪口呆　B. 怀疑　C. 不可思议　D. 抱歉

297. 为什么简讨厌将自己与格雷斯·普尔做比较?因为这使她(　　)。

A. 感到厌恶　B. 感到自卑

C. 感到自豪　D. 感到不被尊重

298. 罗切斯特常常晚上(　　)点派人找简谈话。

A. 六七　B. 七八　C. 八九　D. 九十

299. 卧室着火事件第二天,为什么费尔法克斯太太请简吃午后茶点？(　　)。

A. 茶点太多　　B. 她想找人聊天

C. 简午饭吃得少　　D. 简喜欢吃茶点

300. 当简知道罗切斯特去了里斯，简的内心(　　)。

A. 期待他回来　　B. 希望他不要回来

C. 不在意　　D. 欣喜

301. 为什么简要将她和英格拉姆小姐的画像画出来？(　　)。

A. 喜欢绘画　　B. 避免自己再想入非非

C. 讨厌英格拉姆小姐　　D. 无聊

302. 罗切斯特用(　　)给英格拉姆小姐伴奏。

A. 吉他　　B. 口琴　　C. 手提琴　　D. 钢琴

303. 费尔法克斯太太口中的英格拉姆是怎么样的一位小姐？(　　)。

A. 高贵　　B. 低俗　　C. 善良　　D. 勤劳

304. 简用一两个小时画了自己的肖像，用(　　)时间画了英格拉姆小姐的肖像。

A. 一周　　B. 两周　　C. 三周　　D. 四周

305. 简用什么方法使自己对罗切斯特的情感服从纪律？(　　)。

A. 写日记　　B. 画她和英格拉姆小姐的肖像

C. 找人诉说　　D. 读书

306. 当费尔法克斯太太提到罗切斯特以往离开后可能一年都不会回到桑菲尔德时，简的心中(　　)。

A. 很失落　　B. 无所谓

C. 有点轻松的感觉　　D. 很好奇

307. 罗切斯特离开桑菲尔德庄园两周后，他给(　　)寄了一封信。

A. 费尔法克斯太太　　B. 简

C. 阿黛勒　　D. 英格拉姆小姐

308. 罗切斯特信中的客人将由(　　)来迎接。

A. 费尔法克斯太太　　B. 简

C. 格雷斯·普尔　　D. 阿黛勒

309. 桑菲尔德来客人的夜晚，为什么阿黛勒不想睡觉？(　　)。

A. 太吵了　　B. 没有人管她

C. 期待可以见那些客人　　D. 调皮

310. 桑菲尔德来客人的那个夜晚，阿黛勒的心理是怎样的？(　　)。

A. 期待那些客人　　B. 害怕见陌生人

C. 沮丧　　D. 害羞

311. 桑菲尔德来客人的那个夜晚，简和阿黛勒在(　　)倾听客厅里的音乐之声。

A. 客厅里　　B. 楼梯台阶上　　C. 卧室里　　D. 书房里

312. (　　)陪阿黛勒一起见来桑菲尔德的贵妇和小姐们。

A. 费尔法克斯太太　　B. 简

C. 索菲亚　　D. 瓦伦

313. 按费尔法克斯太太的办法，如何避免一本正经入场的尴尬？(　　)。

A. 提前进场，并找个僻静的角落坐下

B. 乔装成仆人

C. 中场悄悄入场

D. 盛装入场

314. (　　)新近当上了米尔科特市议员。

A. 费尔法克斯太太　　B. 罗切斯特先生

C. 布罗克赫斯特先生　　D. 乔治·林恩爵士

315. (　　)会和新近米尔科特市议员一起去米尔科特市。

A. 简　　B. 罗切斯特先生

C. 费尔法克斯太太　　D. 阿黛勒

316. 阿黛勒的着装像一位(　　)一般严肃。

A. 牧师　　B. 护士　　C. 法官　　D. 律师

317. 简仅有的一件饰品是(　　)。

A. 一枚珍珠胸针　　B. 一枚宝石戒指

C. 一个金色镯子　　D. 一个网纱礼帽

318. 在桑菲尔德客厅里，简看到一群贵妇小姐，想到了什么？(　　)。

A. 白天鹅　　B. 白色羽毛的鸟

C. 棉花　　D. 雪花

319. 简将(　　)系在阿黛勒的彩带上。

A. 胸针　　B. 花瓶里的一朵花

C. 一颗宝石　　D. 一个蝴蝶结

320. 简认为阿黛勒有着天生对(　　)的热烈追求。

A. 文学　　B. 商业　　C. 音乐　　D. 服饰

321. 简认为(　　)似乎已经成为女士们的习惯。

A. 围着火炉取暖　　B. 品咖啡

C. 用低沉而清晰的调子交谈　　D. 写诗

322. (　　)是一位富孀。

A. 埃希顿太太　　B. 登特上校太太

C. 林恩夫人　　D. 英格拉姆夫人

323. 简觉得桑菲尔德府客人中个子最高的一位夫人，她的举止和表情显出一种(　　)。

A. 令人难以容忍的傲慢　　B. 令人倍感温暖的和蔼

C. 冷酷　　D. 高贵

324. 简认为英格拉姆夫人的目光(　　)。

A. 温和　　B. 凶狠残酷　　C. 深沉　　D. 狡诈

325. 简对富孀英格拉姆夫人的评价是怎么样的？(　　)。

A. 外表高贵　　B. 内心善良　　C. 外表丑陋　　D. 内心恶毒

326. 桑菲尔德府的客人玛丽是(　　)的女儿。

A. 埃希顿太太　　B. 费尔法克斯太太

C. 简　　D. 英格拉姆夫人

327. 当简看到富孀英格拉姆夫人的目光，她想起(　　)。

A. 老虎的目光　　B. 猎豹的目光

C. 格雷斯·普尔的眼睛　　D. 里德太太的眼睛

328. 在简眼中，英格拉姆小姐是什么类型的女性？(　　)。

A. 知性　　B. 贤惠　　C. 端庄　　D. 文静

329. 简将桑菲尔德府客人中的(　　)比作了月亮女神。

A. 玛丽　　B. 艾米　　C. 布兰奇　　D. 路易莎

330. 简认为(　　)总是会有很强的自我意识。

A. 发明家　　B. 商人　　C. 法官　　D. 天才

331. 在桑菲尔德府做客的第一晚,布兰奇和登特太太谈论了(　　)。

A. 植物　　B. 动物　　C. 服饰　　D. 家庭

332. 简觉得布兰奇对登特太太的“追猎”很(　　)。

A. 厚道　　B. 讥诮　　C. 尊崇　　D. 谦卑

333. 简觉得(　　)有可能成为罗切斯特先生的意中人。

A. 林恩太太　　B. 路易莎

C. 英格拉姆小姐　　D. 艾米

334. 艾米和路易莎·埃希顿见到阿黛勒后说什么了?(　　)。

A. 多可爱的孩子　　B. 好乖巧的孩子

C. 好漂亮的小公主　　D. 多伶俐的孩子

335. (　　)称呼阿黛勒为“小玩偶”。

A. 路易莎　　B. 艾米　　C. 登特太太　　D. 英格拉姆小姐

336. (　　)是一位地方法官。

A. 埃希顿先生　　B. 亨利·林恩

C. 弗雷德里克·林恩　　D. 英格拉姆勋爵

337. 客人们来到桑菲尔德府的第一晚,(　　)是最后一位进场的。

A. 埃希顿先生　　B. 罗切斯特先生

C. 亨利·林恩　　D. 英格拉姆勋爵

338. 桑菲尔德府招待客人的宴会上,简觉得自己现在和罗切斯特先生之间的关系(　　)。

A. 本来就不熟悉　　B. 亲密

C. 疏远陌生　　D. 尴尬

339. (　　)在宴会中给了简一种极度的欢乐。

A. 自娱自乐　　B. 听众位女士们的交谈

C. 听阿黛勒讲笑话　　D. 注视着罗切斯特先生

340. 简认为(　　)的外表焕发着真正的力量和天生的精力。

A. 罗切斯特先生　　B. 埃希顿先生

C. 英格拉姆勋爵　　D. 亨利·林恩

341. 是(　　)让简对罗切斯特感到疏远陌生。

A. 贵族小姐们　　B. 他们的社会地位

C. 费尔法克斯太太的话　　D. 罗切斯特的冷漠

342. 简爱着(　　),并且相信自己同他是同声相应的。

A. 英格拉姆勋爵　　B. 埃希顿先生

C. 罗切斯特先生　　D. 亨利·林恩

343. 罗切斯特先生和英格拉姆勋爵相比,(　　)更喜欢勋爵。

A. 玛丽　　B. 艾米　　C. 布兰奇　　D. 路易莎

344. 布兰奇在男士们入场后,一开始在(　　)。

A. 选择一个男伴　　B. 听阿黛勒讲话

C. 同别的女士们交谈　　D. 看着一本簿册

345. 为什么罗切斯特不送阿黛勒去学校上学? 罗切斯特先生对此的回答是(　　)。

A. 学费太贵　　B. 阿黛勒的智力与其他孩子不同

C. 阿黛勒不想上学　　D. 简同意阿黛勒去上学

346. (　　)是英格拉姆夫人的特殊财产。

A. 英格拉姆小姐　　B. 一个农场

C. 一座教堂　　D. 一座酒庄

347. 在布兰奇曾经的家庭教师中,(　　)会忍不住大发雷霆。

A. 威尔逊小姐　B. 格雷太太　　C. 朱伯特夫人　D. 维宁

348. (　　)把朱伯特夫人称作"老木瓜"。

A. 英格拉姆夫人　　B. 英格拉姆勋爵

C. 英格拉姆小姐　　D. 艾米

349. (　　)曾揭发她的家庭教师与其他家庭教师谈情说爱。

A. 英格拉姆小姐　　B. 简

C. 路易莎　　D. 威尔逊小姐

350. 英格拉姆夫人认为在任何一个管教出色的家庭里，一刻都不能容忍的是(　　)。

A. 家庭男女教师之间的私通　　B. 仆人的不忠心

C. 仆人的偷盗　　D. 孩子的调皮

351. 英格拉姆小姐认为一个人必须要有(　　)，否则便一文不值。

A. 幽默　　B. 理智　　C. 恶念　　D. 善念

352. 英格拉姆小姐愿意嫁给以下哪种人？(　　)。

A. 君王　　B. 草寇英雄　　C. 谋士　　D. 法官

353. 登特上校认为(　　)最像博斯威尔。

A. 英格拉姆勋爵　　B. 埃希顿先生

C. 亨利·林恩　　D. 罗切斯特先生

354. 在桑菲尔德客厅里，贵妇小姐们对家庭教师的态度是怎样的？(　　)。

A. 尊敬　　B. 崇拜　　C. 轻视　　D. 嘲讽

355. 桑菲尔德的客厅里，英格拉姆小姐弹奏钢琴为(　　)伴奏。

A. 简　　B. 登特上校　　C. 罗切斯特　　D. 乔治爵士

356. 英格拉姆小姐想要给人留下(　　)的印象。

A. 潇洒　　B. 温柔　　C. 高贵　　D. 优雅

357. 英格拉姆小姐认为(　　)是她的合法的属性与遗传物。

A. 美貌　　B. 才华　　C. 可爱　　D. 财富

358. 英格拉姆小姐让罗切斯特先生唱了一首(　　)。

A. 民歌　　B. 海盗歌　　C. 军歌　　D. 歌剧

359. 桑菲尔德府宴客的那晚，简从客厅离开后遇到了(　　)。

A. 英格拉姆勋爵　　B. 阿黛勒

C. 埃希顿先生　　D. 罗切斯特先生

360. 桑菲尔德府宴客的那晚，罗切斯特先生遇到从客厅离开的简后，在最后嘱咐简(　　)。

A. 让索菲娅把阿黛勒带走　　B. 离开客厅

C. 叫来费尔法克斯太太　　D. 叫一名仆人过来

361. (　　)要求只要客人们还在，简每天晚上要在客厅露面。

A. 阿黛勒　　B. 罗切斯特

C. 费尔法克斯太太　　D. 约翰

362. 在桑菲尔德府热闹日子里的第一个晚上,有人建议(　　)。

A. 玩塔罗牌　　B. 玩“数独游戏”

C. 玩“字谜游戏”　　D. 跳舞

363. 在桑菲尔德府热闹日子里的第一个晚上,有人建议改变娱乐方式,于是(　　)被召进去报告家藏物资情况。

A. 费尔法克斯太太　　B. 简

C. 索菲娅　　D. 约翰

364. 罗切斯特先生提出分组玩游戏时,简正在(　　)。

A. 给阿黛勒讲故事　　B. 帮登特太太扣好手镯

C. 看书　　D. 帮费尔法克斯太太理毛线

365. (　　)好像提议应当邀请简加入游戏。

A. 阿黛勒　　B. 英格拉姆夫人

C. 英格拉姆勋爵　　D. 埃希顿先生

366. (　　)坚持参加监护人一组。

A. 罗切斯特先生　　B. 简

C. 英格拉姆夫人　　D. 阿黛勒

367. 在桑菲尔德府热闹日子里的第一个晚上,表演的第二幕中,有一个温室里的装饰品是(　　)。

A. 水晶台灯　B. 水晶花瓶　C. 大理石盆　D. 陶瓷花瓶

368. 在桑菲尔德府热闹日子里的第一个晚上,(　　)扮演的角色像是以色列公主。

A. 英格拉姆小姐　　B. 阿黛勒

C. 艾米　　D. 路易莎

369. 在桑菲尔德府热闹日子里的第一场“字谜游戏”中,(　　)最先猜出谜底。

A. 罗切斯特先生　　B. 登特上校

C. 英格拉姆勋爵　　D. 埃希顿先生

370. 在桑菲尔德府的热闹日子里,第一场“字谜游戏”的谜底是

(　　)。

A. 教堂　　B. 学校　　C. 旅馆　　D. 监狱

371. 就英格拉姆小姐的喜好而言,她最喜欢的是(　　)。

A. 英国的强盗　　B. 意大利的土匪

C. 地中海的海盗　　D. 加勒比海盗

372. 简意识到自己爱上了(　　)。

A. 英格拉姆勋爵　　B. 罗切斯特先生

C. 埃希顿先生　　D. 登特上校

373. 简认为英格拉姆小姐不值得自己(　　)。

A. 嫉妒　　B. 羡慕　　C. 憎恨　　D. 喜欢

374. 除了简以外,(　　)也在密切地注视着英格拉姆小姐。

A. 英格拉姆夫人　　B. 阿黛勒

C. 费尔法克斯太太　　D. 罗切斯特先生

375. 罗切斯特先生洞悉自己准新娘的缺陷,正是他对英格拉姆小姐(　　)引起了简无休止的痛苦。

A. 在感情上缺乏理智　　B. 在感情上缺乏浪漫

C. 在感情上缺乏热情　　D. 对待阿黛勒的冷漠

376. 简对罗切斯特先生的热情有增无减,是因为(　　)。

A. 罗切斯特先生的敏锐洞察力

B. 英格拉姆小姐不能迷住罗切斯特先生

C. 罗切斯特先生的风度

D. 罗切斯特先生的社会阅历

377. 简认为(　　)的英格拉姆小姐会让自己嫉妒、钦慕。

A. 高尚出色　　B. 优雅　　C. 才华横溢　　D. 美丽

378. 简对罗切斯特先生的婚姻计划(　　)。

A. 伤心绝望　　B. 喜悦　　C. 颇有微词　　D. 没有任何微词

379. 在桑菲尔德府的热闹日子里,简对罗切斯特先生是(　　)的态度。

A. 冷漠　　B. 针对　　C. 宽容　　D. 讨好

380. 在桑菲尔德府的热闹日子里,英格拉姆勋爵在与(　　)调情。

A. 路易莎　　B. 艾米·埃希顿

C. 玛丽·英格拉姆　　D. 简

381. (　　)几乎是客人们的生命的灵魂,可以调动所有人的情绪,以及气氛。

A. 罗切斯特先生　　B. 阿黛勒

C. 简　　D. 英格拉姆勋爵

382. 罗切斯特先生不在家的一天,(　　)拒绝了登特太太们的聊天邀请。

A. 简　　B. 费尔法克斯太太

C. 阿黛勒　　D. 布兰奇

383. 当英格拉姆小姐知道阿黛勒谎报罗切斯特回来,说阿黛勒是(　　)。

A. 讨厌的猴子　　B. 讨厌的孩子

C. 不诚实的孩子　　D. 不诚实的猴子

384. 阿黛勒被责备谎报消息时,从马车上下来的人是(　　)。

A. 罗切斯特先生　　B. 罗切斯特先生和他的朋友

C. 罗切斯特先生的朋友　　D. 费尔法克斯太太

385. 英格拉姆小姐认为阿黛勒谎报消息是(　　)的错。

A. 阿黛勒自己　　B. 费尔法克斯太太

C. 索菲娅　　D. 简

386. 罗切斯特的故友梅森先生来自(　　)。

A. 某个炎热的国家　　B. 法国

C. 中国　　D. 意大利

387. 路易莎和玛丽称梅森为(　　)。

A. 乞丐　　B. 流浪者　　C. 美男子　　D. 教父

388. 路易莎觉得梅森(　　)长得比较好。

A. 眼睛　　B. 额角　　C. 嘴巴　　D. 鼻子

389. 简认为罗切斯特先生的朋友的面相(　　)。

A. 毫无生气　　B. 充满活力　　C. 和蔼可亲　　D. 冷酷严峻

390. 梅森先生曾在(　　)居住过。

A. 东印度群岛　　B. 西印度群岛
C. 以色列　　D. 加拿大

391. 梅森先生在(　　)初次见到并结交了罗切斯特先生。
A. 英国　B. 法国　C. 西印度群岛　D. 西班牙

392. 在桑菲尔德府的热闹日子里的,被带到仆人饭厅里面的本奇妈妈是来(　　)的。
A. 乞讨　B. 算命　C. 歇息　D. 找人

393. 费尔法克斯太太说罗切斯特先生曾经是一位(　　)。
A. 律师　B. 法官　C. 牧师　D. 旅行家

394. (　　)认为吉卜赛女人是地道的女巫。
A. 林恩　　B. 英格拉姆勋爵
C. 简　　D. 费尔法克斯太太

395. 英格拉姆夫人在英格拉姆小姐决定算命时,称她为(　　)。
A. 亲爱的　B. 宝贝　C. 天使姑娘　D. 傻丫头

396. (　　)对别人算自己的命感兴趣。
A. 布兰奇　　B. 英格拉姆夫人
C. 林恩太太　　D. 弗雷德里克・林恩

397. (　　)是第一个去见算命的本奇妈妈的。
A. 简　　B. 布兰奇
C. 英格拉姆夫人　　D. 阿黛勒

398. 吉卜赛算命者使用什么方法为布兰奇算命?(　　)。
A. 面相术　B. 塔罗牌占卜　C. 手相术　D. 求签

399. 以下哪一项不符合布兰奇听完算命的情绪?(　　)。
A. 喜悦　B. 阴沉　C. 失望　D. 不满

400. 当女巫出现在桑菲尔德客厅里时,大家的反应是怎样的?(　　)。
A. 好奇而害怕　B. 欣喜　C. 不在乎　D. 忐忑不安

401. (　　)充当使者,使得女巫同意玛丽她们三人一起去见她。
A. 布兰奇　B. 简　C. 阿黛勒　D. 萨姆

402. 吉卜赛人非要见到(　　)才肯离开。

A. 费尔法克斯太太　　B. 简
C. 阿黛勒　　D. 罗切斯特先生

403. 简对吉卜赛人(　　)。
A. 很厌恶　B. 没感觉　C. 很感兴趣　D. 很同情

404. 简进入吉卜赛人所在的房间的时候,她正在(　　)。
A. 念念有词　B. 剪烛芯　C. 摆弄纸牌　D. 擦拭水晶球

405. 女巫从(　　)这一细节猜到简的脾性。
A. 谈吐间　B. 脚步声中　C. 倒茶的姿势　D. 开门声中

406. 吉卜赛人料定简的脾性是(　　)。
A. 谦和有礼　B. 傲慢　C. 单纯　D. 无礼

407. 以下符合对算命女巫本奇妈妈的描述的是(　　)。
A. 面孔全是灰色的　　B. 面容古怪
C. 头发是白色的　　D. 目光柔和

408. 吉卜赛人认为简的幸福已经(　　)。
A. 遥遥无期　　B. 握在手中
C. 具备了物质条件　　D. 在机缘之中

409. 简最大的愿望是(　　)。
A. 攒足钱,自己办学校　　B. 环游世界
C. 成为一名作家　　D. 拥有一座自己的农场

410. 简的什么习惯被吉卜赛人知晓了?(　　)。
A. 发呆　　B. 一个人坐在角落里画画
C. 一个人在顶楼眺望　　D. 坐在窗台上

411. 那位吉卜赛人说自己和(　　)是认识的。
A. 简　B. 罗切斯特　C. 普尔太太　D. 英格拉姆小姐

412. 简认为周围人讲述的故事都预示着同一灾难性的结局是(　　)。
A. 离婚　B. 结婚　C. 修道　D. 争论

413. 吉卜赛人认为简将罗切斯特先生排除在熟人之外的说法是(　　)。
A. 合理的　B. 不合理的　C. 高明的诡辩　D. 简的懦弱

414. 在罗切斯特婚姻的传闻中,(　　)被人谈得最起劲。

A. 罗切斯特先生　　B. 布兰奇

C. 英格拉姆勋爵　　D. 简

415. 吉卜赛人告诉简,罗切斯特先生对别人的交谈感到(　　)。

A. 厌烦　　B. 无所谓　　C. 好奇　　D. 感激

416. 布兰奇对罗切斯特先生的(　　)十分合意。

A. 才华　　B. 家产　　C. 相貌　　D. 出身

417. 吉卜赛人从简的(　　)看到了有碍幸福结局的地方。

A. 嘴巴　　B. 鼻子　　C. 额头　　D. 下巴

418. 简发现吉卜赛人是(　　)。

A. 罗切斯特先生扮演的　　B. 费尔法克斯太太扮演的

C. 骗子　　D. 登特上校

419. 简怀疑吉卜赛人的时候,脑子里一直想的是(　　)。

A. 罗切斯特先生　　B. 坦普尔小姐

C. 约翰·里德　　D. 格雷斯·普尔

420. 是(　　)告诉罗切斯特先生,梅森先生的到来的。

A. 费尔法克斯太太　　B. 简

C. 阿黛勒　　D. 索菲娅

421. 罗切斯特先生从简那里听到梅森的反应是(　　)。

A. 恐惧　　B. 紧张　　C. 面如死灰　　D. 兴奋激动

422. 罗切斯特先生听说梅森到来后,请求简帮他拿(　　)。

A. 帽子　　B. 书　　C. 酒　　D. 大衣

423. (　　)将梅森先生带去见罗切斯特先生。

A. 简　　B. 阿黛勒

C. 费尔法克斯太太　　D. 萨姆

424. 在桑菲尔德府,简平常睡觉会(　　)。

A. 拉起百叶窗　B. 拉好帐幔　　C. 打开窗户　　D. 点着蜡烛

425. 梅森到访桑菲尔德府的那晚,简听见(　　)传来了一声狂叫和刺耳的尖叫。

A. 楼上　　B. 楼下　　C. 隔壁　　D. 门外

426. 梅森到访桑菲尔德府的那天，夜晚的尖叫是怎么回事？(　　)。

A. 失火了　B. 有盗贼　C. 地震　D. 有人厮打

427. 梅森到访桑菲尔德府的那晚，简听到的尖叫声是(　　)的。

A. 罗切斯特　B. 布兰奇　C. 梅森　D. 英格拉姆小姐

428. 梅森到访桑菲尔德府的那晚，发出尖叫的人在向(　　)求助。

A. 简　B. 罗切斯特　C. 梅森　D. 布兰奇

429. 梅森到访桑菲尔德府的那晚，当所有人都被惊醒，出来问怎么回事时，罗切斯特去哪里了？(　　)。

A. 睡觉　B. 出门了　C. 在楼上　D. 不知所踪

430. 梅森到访桑菲尔德府的那晚，罗切斯特对尖叫声的解释是什么？(　　)。

A. 失窃了　B. 失火了　C. 地震　D. 仆人做噩梦

431. 梅森到访桑菲尔德府的那晚，罗切斯特先生刚从楼上下来，(　　)就冲上去抓住了他的胳膊。

A. 简　B. 阿黛勒

C. 费尔法克斯太太　D. 英格拉姆小姐

432. 罗切斯特先生认为，梅森到访桑菲尔德府的那晚，尖叫的闹剧不过是(　　)的一场彩排。

A.《哈姆雷特》　B.《麦克白》

C.《无事生非》　D.《巴黎圣母院》

433. 梅森到访桑菲尔德府的那晚，所有人回到房间后，(　　)没有立刻睡着。

A. 索菲娅　B. 阿黛勒

C. 简　D. 费尔法克斯太太

434. 梅森到访桑菲尔德府的那晚，桑菲尔德府重归沉寂后，(　　)敲响了简的门。

A. 阿黛勒　B. 费尔法克斯太太

C. 梅森　D. 罗切斯特先生

435. 梅森到访桑菲尔德府的那晚，梅森到访桑菲尔德府的那晚，罗切斯特先生找简是为了(　　)。

A. 帮忙　　B. 一起聊天　　C. 散步　　D. 打发时间

436. 梅森到访桑菲尔德府的那晚,罗切斯特先生让简进入房间之前,询问简是否对(　　)感到恶心。

A. 老鼠　　B. 血　　C. 蟑螂　　D. 呕吐物

437. 梅森到访桑菲尔德府的那晚,简跟随罗切斯特先生进入房间之前,听到一阵断断续续的咆哮声,很像(　　)。

A. 老虎　　B. 狮子　　C. 狗　　D. 狼

438. 梅森到访桑菲尔德府的那晚,简跟随罗切斯特先生进入房间之后,罗切斯特先生牵着简的手,让简觉得(　　)。

A. 自然　　B. 尴尬　　C. 僵硬　　D. 温暖沉着

439. (　　)使梅森先生从昏迷中醒了过来。

A. 嗅盐瓶　　B. 酒精　　C. 蜡烛　　D. 石灰

440. 梅森到访桑菲尔德府的那晚,尖叫事件后简去了(　　)。

A. 罗切斯特的房间　　B. 格雷斯的房间

C. 英格拉姆小姐的房间　　D. 布兰奇的房间

441. 简被关在一间小屋子里照顾梅森时是什么反应?(　　)。

A. 害怕得想办法逃脱　　B. 与格雷斯厮打起来

C. 害怕却不得不坚守岗位　　D. 吓晕了

442. 简在格雷斯房间等待罗切斯特先生回来的一夜,一共听见了(　　)响动。

A. 没有　　B. 一次　　C. 两次　　D. 三次

443. 梅森先生对罗切斯特先生的态度是(　　)。

A. 服服帖帖　　B. 憎恨　　C. 厌恶　　D. 亲密

444. 简认为罗切斯特先生的性子(　　)。

A. 温和　　B. 冷漠　　C. 热情　　D. 火爆

445. 简在格雷斯房间等待救援,并照顾格雷斯,一共等了(　　)。

A. 一整夜　　B. 不超过两小时

C. 三小时　　D. 四小时

446. 梅森到访桑菲尔德府的那晚,医生花了多久时间医治梅森?

(   )。

A. 半小时　　B. 两小时　　C. 两分钟　　D. 半天

447. 梅森是被什么所伤的?(   )。

A. 刀伤　　B. 枪伤　　C. 摔伤　　D. 咬伤

448. 梅森为什么会受伤?(   )。

A. 为了见一位女士　　B. 为了修理家具

C. 被狗咬伤　　D. 不小心摔下楼

449. 罗切斯特先生让梅森先生回到(   ),忘记咬伤他的人。

A. 巴黎　　B. 西班牙城　　C. 印度　　D. 伦敦

450. 罗切斯特先生想让(   )悄悄地离开桑菲尔德府。

A. 简　　B. 梅森先生

C. 卡特　　D. 费尔法克斯太太

451. 梅森在桑菲尔德府受伤后,罗切斯特是怎样让他鼓起勇气的?(   )。

A. 给他嗅盐　　B. 打他一拳

C. 给他服用兴奋剂　　D. 陪着他离开

452. 在桑菲尔德府受伤后,梅森对于罗切斯特的命令作何反应?(   )

A. 唯命是从　　B. 坚决不听　　C. 抗拒　　D. 犹豫

453. 罗切斯特先生安排梅森先生悄悄离开,是(   )先下楼望风的。

A. 他自己　　B. 卡特　　C. 约翰　　D. 简

454. 在桑菲尔德府受伤后,梅森先生在(   )养伤。

A. 三楼　　B. 旅馆　　C. 卡特医生家　　D. 医院

455. 简觉得罗切斯特的房子怎么样?(   )。

A. 是座监狱　　B. 是座豪华的大厦

C. 破烂不堪的房子　　D. 普普通通的民房

456. 当简与梅森独处时是什么令她感到害怕?(   )。

A. 怕梅森会死掉　　B. 怕黑

C. 怕有人从内间出来　　D. 怕梅森伤害自己

457. 罗切斯特认为,(　　)的一时失言,即使不会使罗切斯特丧命,也可能使他断送一生的幸福。

A. 梅森　　B. 简

C. 英格拉姆小姐　　D. 费尔法克斯太太

458. 梅森在桑菲尔德府受伤后,简认为只要(　　)留在那里,罗切斯特先生就会不得安宁。

A. 英格拉姆小姐　　B. 阿黛勒

C. 梅森　　D. 格雷斯·普尔

459. 在简看来,梅森是容易受摆布的,(　　)的影响,对他明显起着作用。

A. 罗切斯特先生　　B. 罗切斯特太太

C. 简　　D. 卡特医生

460. 送走梅森先生后,罗切斯特先生担心的危险没有了吗?(　　)。

A. 是的,只要他离开桑菲尔德府,危险就消失了

B. 梅森先生不离开英格兰就无法担保没有危险

C. 并非如此,罗切斯特先生把他留在桑菲尔德府养伤

D. 是的,只要离开英格兰就好,所以他服从罗切斯特先生的一切要求

461. 罗切斯特先生希望简把自己想象成(　　)。

A. 受过精心教导的姑娘　　B. 修女

C. 放纵任性的男孩　　D. 牧师

462. 罗切斯特先生让简想象自己铸下的大错是(　　)。

A. 流血　　B. 偷盗

C. 非法行为　　D. 既不非法,也没有罪

463. 罗切斯特先生希望简把自己想象成(　　)。

A. 罪人　　B. 乞丐　　C. 运动员　　D. 官员

464. 简认为(　　)会在德行面前犹豫。

A. 哲学家们　　B. 基督教徒　　C. 牧师　　D. 流浪者

465. 简认为犯过错的人,应当从(　　)那里获得治疗创伤的抚慰。

A. 同类　　B. 低于他的同类

C. 高于他的同类　　D. 上帝

466. 罗切斯特先生问简是否注意到自己对英格拉姆小姐的（　　）。

A. 冷漠　　B. 残酷　　C. 无所谓　　D. 柔情

467. 罗切斯特先生告诉简，英格拉姆小姐是个（　　）的女人。

A. 不可多得　　B. 高贵　　C. 冷漠　　D. 卑贱

468. 送走梅森后，罗切斯特先生看到登特和林恩在（　　）。

A. 花园　　B. 马厩　　C. 客厅　　D. 走廊

469. 简相信（　　）是存在的。

A. 上帝　　B. 预言　　C. 心灵感应　　D. 诅咒

470. 人们认为，夜里梦见小孩是预示着什么？（　　）。

A. 有亲人将要生小孩　　B. 对亲人或自己是不祥之兆

C. 有好事将要降临　　D. 有亲人要离去

471. 贝茜夜里梦见小孩后发生了什么事情？（　　）。

A. 她的妹妹死了　　B. 她生病了

C. 她母亲去世了　　D. 她怀孕了

472. 在桑菲尔德府，简一连七个晚上都梦到了（　　）。

A. 罗切斯特先生　　B. 狗

C. 上帝　　D. 孩子

473. 盖茨黑德府的（　　）在费尔法克斯太太的房间等简。

A. 玛丽　　B. 贝茜　　C. 利文　　D. 乔治亚娜

474. 简无数次梦见小孩后发生了什么事情？（　　）。

A. 她的舅妈去世了　　B. 约翰去世了

C. 梅森去世　　D. 舅妈的女儿死了

475. 罗伯特到桑菲尔德府有何目的？（　　）。

A. 看望简　　B. 照顾简

C. 给简传达消息　　D. 帮简做事情

476. 人们猜测里德是怎么死的？（　　）。

A. 自杀　　B. 仇杀　　C. 病死　　D. 意外死亡

477. 简的舅妈得了什么病？(　　)。

A. 白血病　　B. 感冒　　C. 发烧　　D. 中风

478. (　　)弄清了里德太太嘀咕的话。

A. 乔治亚娜　　B. 贝茜　　C. 利文　　D. 里德小姐

479. 简的舅妈生病后老在嘴里嘀咕的事是什么？(　　)。

A. 约翰的名字　B. 身体不舒服　C. 把简叫来　D. 叫医生来

480. 简找罗切斯特先生请假时,他正在(　　)。

A. 打台球　　B. 骑马　　C. 看书　　D. 计算财务

481. 简要回去看望舅妈,所以向罗切斯特请了(　　)的假。

A. 一个月　　B. 一两周　　C. 五天　　D. 半个月

482. (　　)告诉罗切斯特先生,里德是个无赖。

A. 埃希顿先生　　B. 英格拉姆勋爵

C. 英格拉姆小姐　　D. 乔治·林恩爵士

483. 英格拉姆小姐告诉罗切斯特先生,盖茨黑德府的(　　)很美丽。

A. 艾博特　　B. 贝茜　　C. 乔治亚娜　　D. 萨拉

484. 罗切斯特先生希望简在盖茨黑德府只待(　　)。

A. 一个星期　　B. 一个月　　C. 一天　　D. 一年

485. 简向罗切斯特先生请假探望里德太太后,准备什么时候离开？(　　)。

A. 当天　　B. 第二天　　C. 下个星期　　D. 后天

486. 简向罗切斯特先生请假探望里德太太时,为何罗切斯特要多拿钱给简,后来又选择欠简钱？(　　)。

A. 没有足够的钱给她　　B. 简只需要那么多

C. 留住简　　D. 简不贪财

487. 简向罗切斯特先生请假探望里德太太时,他们谈起了罗切斯特先生的婚事。简向罗切斯特先生提的另一桩事务是(　　)。

A. 舅妈的病情　　B. 英格拉姆小姐的脾气

C. 自己的薪酬　　D. 阿黛勒上学

488. 简在得知罗切斯特要结婚之后作何打算？(　　)。

A. 离开找其他的工作　　B. 继续留住罗切斯特身边

C. 带阿黛勒远走高飞　　　　D. 回舅妈的地方

489. 简计划在罗切斯特先生结婚之后离开。她打算通过什么方法找到新的工作?(　　)。

A. 找舅妈托关系给自己工作　　B. 登广告

C. 没有找到方法　　　　D. 四处寻找

490. (　　)要求简不要登广告找工作,因为他(她)会给简找一份新工作。

A. 费尔法克斯太太　　　　B. 简的舅妈

C. 罗切斯特先生　　　　D. 乔治亚娜小姐

491. 简希望罗切斯特先生在结婚前,自己和(　　)可以太平地离开。

A. 约翰　　　　B. 利文

C. 费尔法克斯太太　　　　D. 阿黛勒

492. 简离开桑菲尔德府去探望里德太太之前,是如何跟罗切斯特告别的?(　　)。

A. 说再见　　B. 握手　　C. 拥抱　　D. 亲吻

493. 简离开桑菲尔德府去探望里德太太之前,罗切斯特先生认为简说"再见"的告别方式(　　)。

A. 礼貌　　B. 不友好　　C. 亲切　　D. 低俗

494. 简回到盖茨黑德府时,(　　)正在喂小孩。

A. 利文　　B. 乔治亚娜　　C. 萨拉　　D. 贝茜

495. 医生说里德太太可以拖(　　)。

A. 一两天　　B. 一两月　　C. 一两周　　D. 一两年

496. 简当初离开盖茨黑德府的时候,心情(　　)。

A. 绝望　　B. 解脱　　C. 愉快　　D. 愤怒

497. 简觉得自己是一位(　　)。

A. 乞丐　　B. 漂泊者　　C. 修女　　D. 旅行家

498. 再次回到盖茨黑德府,简觉得自己现在缺少了一份(　　)。

A. 激情　　B. 冷静　　C. 压迫感　　D. 热情

499. 再次回到盖茨黑德府,简认出(　　)放在老地方——第三格。

A.《爱丽丝漫游仙境》　　B.《麦克白》

C.《格列佛游记》　　D.《英国鸟类史》

500.（　　）的神态里有禁欲的色彩。

A. 伊丽莎　B. 乔治亚娜　C. 简　D. 贝茜

501. 简认为里德姐妹各自都保留了（　　）的一个特征。

A. 父亲　B. 母亲　C. 祖母　D. 祖父

502. 再次回到盖茨黑德府时，简发现（　　）已不再是记忆中身材苗条、仙女般的小姑娘。

A. 伊丽莎　B. 简　C. 贝茜　D. 乔治亚娜

503. 对于里德舅妈两个女儿对自己的态度，简感觉怎么样？（　　）。

A. 感激　B. 开心　C. 生气　D. 漠不关心

504. 当简在舅妈家里不受待见时，她是怎么做的？（　　）。

A. 毅然决定留下来　　B. 跟她们争吵起来

C. 一气之下离开　　D. 委屈地哭了

505. 长大后，简遇到高傲狂妄的人时，会（　　）。

A. 遇强则强，绝不认输　　B. 退缩不前

C. 独自离开　　D. 找人求助

506. 简多年以后见到舅妈时态度是怎样的？（　　）。

A. 深恶痛绝　B. 漠不关心　C. 嘘寒问暖　D. 同情

507. 简为什么原谅了舅妈对小时候的自己做的事情？（　　）。

A. 舅妈的真诚悔悟

B. 简失忆了

C. 时光销蚀了复仇的念头，驱散了愤怒

D. 简误会了舅妈

508. 舅妈不喜欢简的原因是（　　）。

A. 简是个累赘包袱　　B. 简不聪明

C. 简很调皮　　D. 简爱撒谎

509.（　　）提出要领养简。

A. 里德太太　B. 里德舅舅　C. 贝茜　D. 约翰·里德

510. 去世前，里德太太三分之二的收入都被用来(　　)。

A. 偿还约翰·里德的赌债　　B. 经营商铺

C. 作为乔治亚娜的嫁妆　　D. 支付抵押的利息

511. 简的表姐妹们不待见简，简是如何来消遣时间的？(　　)。

A. 看书　　B. 绣花　　C. 画画　　D. 弹钢琴

512. 简在盖茨黑德府消遣时间时，画了一幅画，那是(　　)的真实刻画。

A. 罗切斯特先生　　B. 阿黛勒

C. 费尔法克斯太太　　D. 贝茜

513. 简和伊莉莎与乔治亚娜的关系是如何变好的？(　　)。

A. 简答应为她们画画　　B. 简很会烧菜

C. 简为她们伸出援手　　D. 她们同情简

514. 乔治亚娜与简分享自己生活中的事情，其中不包括(　　)。

A. 母亲的病和哥哥的死　　B. 爱情的苦恼

C. 优雅的日子　　D. 对未来的向往

515. 伊丽莎每天花两小时(　　)。

A. 写日记　　B. 画画　　C. 算账　　D. 看祈祷书

516. 伊丽莎一天三次研读的小书是什么书？(　　)。

A. 祈祷书　　B. 小说书　　C. 童话书　　D. 日记本

517. 伊丽莎觉得自己每天研读的那本书中最吸引人的是(　　)。

A. 生活常识　　B. 精神指引　　C. 仪式指示　　D. 人生经历

518. 伊丽莎缝的罩布是什么颜色的？(　　)。

A. 红色　　B. 白色　　C. 黄色　　D. 黑色

519. 伊丽莎缝的罩布是罩在哪里的？(　　)。

A. 桌子上　　B. 祭坛上　　C. 画像上　　D. 十字架上

520. 伊丽莎每天花一个小时做什么？(　　)。

A. 看书　　B. 写日记　　C. 缝纫　　D. 算账

521. 伊丽莎每天花几个小时在菜园子里劳动？(　　)。

A. 半小时　　B. 一小时　　C. 两小时　　D. 三小时

522. 乔治亚娜不向简吐露心声的时候，都在做什么？（　　）。

A. 躺在沙发上　B. 看书　C. 画画　D. 发呆

523. 乔治亚娜希望（　　）邀请她去城里。

A. 舅妈　B. 舅舅　C. 叔叔　D. 姨母

524. 伊丽莎责备乔治亚娜（　　）。

A. 自私　B. 虚荣荒唐　C. 心胸狭隘　D. 狡猾

525. 伊丽莎深感烦恼的根源是什么？（　　）。

A. 妹妹的虚荣

B. 约翰的行为和家庭濒临毁灭的威胁

C. 简的无礼

D. 对未来的茫然

526. 简回到盖茨黑德府后一个风雨交加的下午，伊丽莎去参加什么节的仪式？（　　）。

A. 圣诞节　B. 新年　C. 感恩节　D. 万圣节

527. 在里德太太的病床前，简想起了海伦的信条，那是（　　）。

A. 游魂平等　B. 众生平等　C. 生而平等　D. 万物平等

528. 在埃德维尔勋爵的事情上，伊丽莎对妹妹要花招的原因是（　　）。

A. 嫉妒　B. 害怕　C. 无助　D. 讨厌

529. 简的舅妈在临死之前对简的态度如何？（　　）。

A. 放下仇恨和解　B. 犹豫不决

C. 依旧恨她　D. 后悔不已

530. 里德太太把简叔叔写的信放在哪里？（　　）。

A. 抽屉里　B. 枕头下　C. 化妆盒里　D. 柜子里

531. 为什么里德太太不想让简的叔叔收养她？（　　）。

A. 舍不得简　B. 报复简

C. 简的叔叔不是好人　D. 简不喜欢叔叔

532. 里德太太骗简的叔叔：简死于（　　）。

A. 出车祸　B. 谋杀遇害　C. 斑疹伤寒　D. 感染风寒

533. 里德太太死后谁哭得最厉害？（　　）。

A. 乔治亚娜 B. 简 C. 伊丽莎 D. 贝茜

534. 看着里德舅妈的尸体,简的心情是怎样的?( )。

A. 忧伤痛苦 B. 暗自窃喜 C. 心情复杂 D. 悔恨当初

535. 是什么原因缩短了里德太太的寿命?( )。

A. 疾病缠身 B. 烦恼 C. 忙碌的生活 D. 绝望的生活

536. 为探望里德太太,简离开了桑菲尔德多久?( )。

A. 一周 B. 一个月 C. 一年 D. 三天

537. ( )邀请乔治亚娜去伦敦。

A. 英格拉姆勋爵 B. 简

C. 吉卜森舅舅 D. 威尔逊

538. 乔治亚娜害怕与( )单独相处。

A. 伊丽莎 B. 简 C. 贝茜 D. 利文

539. 伊丽莎打算去大陆后住哪里?( )。

A. 旅馆 B. 租房子 C. 投奔熟人 D. 修道院

540. 伊丽莎最后成为( )。

A. 修女 B. 教师 C. 女工 D. 裁缝

541. 简回桑菲尔德之前最后见的人是( )。

A. 乔治亚娜 B. 贝茜 C. 伊丽莎 D. 里德太太

542. ( )经过一段时间见习后,成为修道院院长。

A. 简 B. 伊丽莎

C. 乔治亚娜 D. 费尔法克斯太太

543. 简回盖茨黑德府期间,费尔法克斯太太写信告诉简,罗切斯特先生去了( )。

A. 巴黎 B. 纽约 C. 伦敦 D. 西班牙

544. 简回盖茨黑德府期间,费尔法克斯太太写信给她。信中推测罗切斯特先生外出是为了( )。

A. 张罗婚礼 B. 处理生意 C. 会见朋友 D. 度假

545. 简从盖茨黑德府回到罗切斯特先生府上时,看到篱笆上开满了什么花?( )。

A. 玫瑰 B. 蔷薇 C. 茉莉 D. 茶花

546. 简从盖茨黑德府回到桑菲尔德，最想见到的人是谁？（　　）。

A. 阿黛勒　　B. 费尔法克斯太太

C. 罗切斯特　　D. 英格拉姆小姐

547. 从盖茨黑德府回到桑菲尔德时，简的心情是怎样的？（　　）。

A. 害怕　　B. 担心　　C. 激动　　D. 期待

548. 简认为罗切斯特先生身上有一种（　　）的巨大的力量。

A. 使人感染愉快　　B. 使人臣服

C. 使人钦慕　　D. 使人绝望

549. 当简从盖茨黑德府回来，罗切斯特先生让她看看（　　）是否完全适合罗切斯特夫人。

A. 婚纱　　B. 马车　　C. 首饰　　D. 手杖

550. 在简看来，什么魔力能使罗切斯特变成一位英俊的美男子？（　　）。

A. 好看的相貌　　B. 善良的内心

C. 满怀深情的眼神　　D. 家财万管

551. 索菲亚对简说“bonsoir”，是什么意思？（　　）。

A. 好久不见　　B. 吃饭了吗　　C. 我想你　　D. 晚上好

552. 简认为（　　）是自己唯一的家。

A. 盖茨黑德府　　B. 罗沃德

C. 罗切斯特先生待的任何地方　D. 桑菲尔德府

553. 简从盖茨黑德府刚回到桑菲尔德时的生活怎么样？（　　）。

A. 平静　　B. 煎熬　　C. 激动人心　　D. 忙碌

554. 简对罗切斯特的婚事有了什么不该有的想法？（　　）。

A. 婚事告吹，谣言不确　　B. 罗切斯特爱上自己

C. 英格拉姆小姐拒绝罗切斯特　D. 英格拉姆小姐嫁给别人

555. 施洗约翰节前夕，阿黛勒（　　）。

A. 生病了　　B. 采了半天的野草莓

C. 放了半天的风筝　　D. 听简讲了半天的故事

556. 施洗约翰节前夕，简在桑菲尔德散步时，闻到了熟悉而警觉的（　　）。

A. 雪茄味　B. 蔷薇花香　C. 玫瑰花香　D. 稻草的香味

557. 施洗约翰节前夕，简为了躲罗切斯特先生，躲在了(　　)。

A. 门扉后　B. 窗帘里

C. 常春藤的幽深处　D. 厨房里

558. 施洗约翰节前夕的一个晚上，在花园里，罗切斯特先生让简看(　　)。

A. 书　B. 夜游虫　C. 宠物狗　D. 月亮

559. 简的缺陷是：尽管平时口齿流利，但(　　)。

A. 易冲动　B. 脾气倔强

C. 口齿不伶俐　D. 需要寻找借口时一筹莫展

560. 罗切斯特先生认为简开始依恋(　　)。

A. 桑菲尔德府　B. 盖茨黑德府　C. 罗沃德　D. 米尔科特

561. 罗切斯特先生告诉简，他为她安排了一个去处：(　　)。

A. 伦敦　B. 巴黎　C. 爱尔兰　D. 西班牙

562. 得知罗切斯特先生婚期已近，简对自己即将离开桑菲尔德感到(　　)。

A. 兴奋　B. 伤心　C. 愤怒　D. 无所谓

563. 罗切斯特先生希望自己的新娘是(　　)。

A. 英格拉姆小姐　B. 乔治亚娜

C. 伊丽莎　D. 简

564. 为试探英格拉姆小姐，罗切斯特先生放出了谣言：(　　)。

A. 自己的财产不足想象中的三分之一

B. 自己患有疾病

C. 自己心有所属

D. 自己欠下巨额赌债

565. 罗切斯特先生向简求婚的晚上，狂暴风雨，其间罗切斯特先生(　　)上门询问简是否平安。

A. 一次都没有　B. 一次　C. 两次　D. 三次

566. 罗切斯特先生向简求婚后送简回房间时，(　　)看见了他们。

A. 索菲娅　B. 阿黛勒

C. 费尔法克斯太太　　　　D. 英格拉姆小姐

567. 简对罗切斯特先生说,她会自己挣得食宿并用年薪购置自己的衣装,她不需要罗切斯特给她什么,除了(　　)外。

A. 爱　　B. 尊重　　C. 自由　　D. 理解

568. 在简打开钢琴要求罗切斯特给她唱歌时,罗切斯特说她是个捉摸不透的(　　)。

A. 女巫　　B. 天使　　C. 妖精　　D. 仙女

569. 简知道罗切斯特喜欢(　　)。

A. 喝酒　　B. 唱歌　　C. 跳舞　　D. 旅游

570. 简要为罗切斯特钢琴伴奏,却被他赶下了琴凳,还被称作(　　)。

A. 笨手笨脚的小东西　　B. 笨手笨脚的小怪物

C. 笨手笨脚的小精灵　　D. 笨手笨脚的小公主

571. 简决定在婚期前的四周里,让罗切斯特看看她性格中(　　)的一面。

A. 温柔　　B. 贤惠　　C. 倔强　　D. 坚强

572. 被罗切斯特认为是"怪问题",但简认为是"很自然很必要的问题"是(　　)。

A. 罗切斯特在哪里结婚

B. 罗切斯特要和谁结婚

C. 简和罗切斯特的婚礼主持人是谁

D. 简和罗切斯特的婚礼的观礼者在哪

573. 当简说"她不会和罗切斯特一起死"时,罗切斯特说他向往的是(　　)。

A. 和简共赴生死　　B. 富有的生活

C. 简和他一块儿活　　D. 刺激的旅游

574. "你们这样彼此紧贴着做得很对","你们欢乐和相爱时刻已经逝去,但你们不会感到孤寂,在朽败中……",这是简对(　　)说的。

A. 罗切斯特和他的妻子　　B. 自己

C. 罗切斯特　　D. 一棵七叶树

575. 在与简的婚礼前一天，罗切斯特因为要(　　)而出门去了，到晚上才回来。

A. 告别亲戚　　B. 处理农场上的田产事务

C. 办理搬家事宜　　D. 出售家产

576. 在罗切斯特和简的婚礼前夜，简穿过果园，把成熟的(　　)捡起来带回了屋里。

A. 桃子　　B. 梨子　　C. 苹果　　D. 桔子

577. 在夏天，简知道在阴沉的夜晚，罗切斯特喜欢一进门就看见令人愉快的(　　)。

A. 炉火　　B. 晚餐　　C. 烛光　　D. 妻子

578. 罗切斯特打算在和简举行婚礼后前往(　　)。

A. 巴黎　　B. 华盛顿　　C. 米兰　　D. 伦敦

579. 简在婚礼前夜把果园里捡的水果放进了(　　)。

A. 地下室　　B. 厨房　　C. 储藏室　　D. 酒窖

580. 婚礼前夜，简在晚上(　　)点时准备去大门口等罗切斯特回来。

A. 九　　B. 十　　C. 十一　　D. 十二

581. 简在和罗切斯特的婚礼前夜等罗切斯特回家时，把罗切斯特的(　　)放在了炉角。

A. 烟　　B. 衣物　　C. 安乐椅　　D. 书籍

582. 简在和罗切斯特的婚礼前夜等罗切斯特回家时让人送蜡烛，那是为了(　　)。

A. 第二天婚礼上用　　B. 点灯

C. 生火烧壁炉　　D. 取暖

583. 简猜想当她把前一天做的噩梦告诉罗切斯特后，罗切斯特会(　　)她。

A. 安慰　　B. 理解　　C. 无视　　D. 讥笑

584. 简和罗切斯特的婚礼前夜天气是(　　)。

A. 雨大风狂　　B. 夜黑风高　　C. 星云密布　　D. 月光皎洁

585. 婚礼前夜简去找罗切斯特，走了不到(　　)英里，就看到罗切斯特了。

A. 二分之一　B. 三分之一　C. 四分之一　D. 五分之一

586. 与简的婚礼前夜，罗切斯特回家后要求简去(　　)找他。

A. 书房　B. 餐厅　C. 大厅　D. 卧室

587. 简答应罗切斯特在他们的婚礼前夜一起(　　)。

A. 吃晚餐　B. 守夜　C. 收拾行李　D. 散步

588. 罗切斯特在婚礼前夜认为，这是简在桑菲尔德府吃的倒数第(　　)顿晚饭。

A. 二　B. 三百　C. 四　D. 五

589. 原本罗切斯特先生打算在婚礼举行后的(　　)个小时内离开桑菲尔德。

A. 三　B. 两　C. 一　D. 半

590. 在与罗切斯特婚礼前，简感觉生活一切都是(　　)，她看不清自己的前景。

A. 真实的　B. 痛苦的　C. 幸福的　D. 虚幻的

591. 在简与罗切斯特讲述她的噩梦前，罗切斯特认为简将要说的事(　　)。

A. 意义重大　B. 性命攸关

C. 无关紧要　D. 与他妻子有关

592. 简认为道德学家称这个世界为(　　)很奇怪。

A. 凄凉的荒漠　B. 盛开的玫瑰

C. 万恶的地狱　D. 孤独的囚笼

593. 不同于道德学家对世界的比喻，简认为这个世界像是(　　)。

A. 凄凉的荒漠　B. 盛开的玫瑰

C. 万恶的地狱　D. 孤独的囚笼

594. 在婚礼礼服底下的盒子里，简看到了罗切斯特给她的礼物是(　　)。

A. 胸针　B. 项链　C. 面纱　D. 手套

595. 在和简的婚礼前，罗切斯特送给简的面纱是(　　)运来的。

A. 巴黎　B. 莫斯科　C. 中国　D. 伦敦

596. 罗切斯特在婚礼前选择送给简面纱，是因为(　　)。

A. 简要求的　　B. 佣人建议的

C. 简不要珠宝　　D. 牧师提醒的

597. 婚礼前，简在做噩梦那晚听到的哀鸣是(　　)。

A. 孩子的呼声　B. 狗叫声　C. 风声　D. 猫叫声

598. 婚礼前，简的噩梦中怀里抱着(　　)。

A. 小狗　B. 珠宝　C. 孩子　D. 婚礼服

599. 简婚礼前梦中的小孩不能走路是因为(　　)。

A. 生病了　B. 睡着了　C. 年纪太小　D. 受伤了

600. 简在向罗切斯特讲述噩梦后表白时，看罗切斯特的眼神是极度(　　)、真诚和衷心的。

A. 恐惧　B. 信赖　C. 欣慰　D. 疲惫

601. 在婚礼前夜，简向罗切斯特诉说了她前一天做的(　　)个梦。

A. 一　B. 两　C. 3 三　D. 四

602. 做噩梦那晚，简在睡觉前把面纱和(　　)挂在厨里。

A. 她的婚礼服　　B. 披肩

C. 头巾　　D. 罗切斯特的婚礼服

603. 简讲完第一个噩梦后，罗切斯特认为简的忧郁完全来自(　　)。

A. 一个梦　　B. 对生活的恐惧

C. 担心罗切斯特不是个好丈夫　D. 对新生活的担忧

604. 婚礼前，简的第二个噩梦因为(　　)而结束。

A. 外界的呼喊声吵醒简　　B. 房间里的灯光惊醒简

C. 简在梦中跌落墙头　　D. 简梦中的小孩死去

605. 简向罗切斯特先生描述她在梦中醒来后看到的女人让她联想到了(　　)。

A. 蝙蝠　B. 吸血鬼　C. 狼人　D. 巫师

606. 简看见撕了她的面纱的女人是从(　　)出来的。

A. 藏衣室　B. 储藏室　C. 浴室　D. 育儿室

607. 简把格雷斯·普尔称为(　　)。

A. 女巫　　B. 怪人　　C. 女鬼　　D. 吸血鬼

608. 以下哪个描述不是用来形容简所见到的罗切斯特的妻子？(　　)。

A. 又高又大　　B. 黑乎乎肿胀的脸

C. 骨碌碌转的红眼睛　　D. 粗黑的短发

609. 婚礼前，简做噩梦醒来看到的人是(　　)。

A. 索菲娅　　B. 阿黛勒

C. 普尔太太　　D. 罗切斯特的妻子

610. 简第一次见到罗切斯特妻子的面容是在(　　)。

A. 玻璃上　　B. 镜子里　　C. 密室里　　D. 梦中

611. 是(　　)在婚礼前撕了罗切斯特送给简的面纱。

A. 罗切斯特的妻子　　B. 简自己

C. 鬼魂　　D. 罗切斯特

612. 婚礼前，简被吓昏醒来在地毯上看到了撕成两半的(　　)。

A. 方巾　　B. 手帕　　C. 面纱　　D. 床单

613. 简决定除了(　　)外，对谁都不说噩梦的事。

A. 阿黛勒　　B. 罗切斯特　　C. 普尔太太　　D. 莉娅

614. 简猜测撕了她面纱的人因为(　　)而退出房间。

A. 认出了简　　B. 时间已近拂晓

C. 恢复了理智　　D. 极度劳累

615. 罗切斯特要求简在举行婚礼那天(　　)点前穿好衣服，吃好早饭。

A. 七　　B. 八　　C. 九　　D. 十

616. 在和简的婚礼前，罗切斯特先生决定什么时候告诉简有关他妻子的事？(　　)。

A. 和简结婚当天　　B. 等他的妻子去世后

C. 和简结婚一周年时　　D. 和他的妻子离婚后

617. 在罗切斯特和简准备举行婚礼那天早上，罗切斯特把简比作(　　)。

A. 百合花　　B. 玫瑰花　　C. 海棠花　　D. 蔷薇花

618. 给简和罗切斯特主持婚礼的是(　　)。

A. 沃德先生　B. 梅森先生　C. 执事　D. 布里格斯先生

619. 简看到她和罗切斯特举行婚礼的教堂是(　　)色的。

A. 灰　B. 白　C. 黑　D. 蓝

620. 桑菲尔德的大门那边就是(　　)。

A. 学校　B. 教堂　C. 厨房　D. 池塘

621. 简和罗切斯特的婚事存在一个难以克服的障碍,那是(　　)。

A. 罗切斯特有一个活着的妻子　B. 罗切斯特的家人不同意

C. 罗切斯特众多的情人　D. 简卑微的社会地位

622. 在简和罗切斯特婚礼现场出声阻止婚礼进行的是一位(　　)。

A. 商人　B. 律师　C. 种植园主　D. 疯子

623. 打断简的婚礼的人,布格里斯,来自(　　)。

A. 伦敦　B. 纽约　C. 巴黎　D. 莫斯科

624. 罗切斯特和伯莎·梅森是在(　　)的教堂成婚。

A. 法国　B. 意大利　C. 葡萄牙　D. 牙买加

625. 梅森在距离简和罗切斯特的婚礼前(　　)个月见过他的姐姐——罗切斯特的妻子。

A. 五　B. 四　C. 三　D. 二

626. (　　)在罗切斯特和简的婚礼上怂恿梅森先生说出罗切斯特的妻子还活着的事实。

A. 牧师　B. 律师　C. 执事　D. 简

627. 沃德牧师说他从没有在桑菲尔德府听过一个叫(　　)的人。

A. 费尔法克斯太太　B. 普尔太太

C. 罗切斯特太太　D. 伯莎

628. 罗切斯特在和简举行婚礼时已经和他妻子结婚(　　)年。

A. 十　B. 十五　C. 二十　D. 二十五

629. 伯莎·梅森是罗切斯特的(　　)。

A. 同父异母的私生姐姐　B. 情妇

C. 佣人　D. 妻子

630. 普尔太太是罗切斯特请来看护(　　)的。

A. 罗切斯特的妻子　　B. 罗切斯特的养女

C. 简　　D. 罗切斯特

631. 伯莎·梅森的母亲是(　　)人。

A. 意大利　　B. 德国　　C. 英国　　D. 克里奥尔

632. 罗切斯特和简带着牧师等人回到桑菲尔德时,让迎接他的人(　　)。

A. 统统向后转　　B. 大声祝贺他　　C. 准备晚餐　　D. 回房休息

633. 罗切斯特的妻子被关在(　　)楼。

A. 一　　B. 二　　C. 三　　D. 四

634. 罗切斯特的妻子被关在一个没有(　　)的房间里。

A. 窗户　　B. 灯　　C. 天花板　　D. 火炉

635. 罗切斯特的妻子曾经在关她的房间里咬过(　　),并刺伤了他。

A. 罗切斯特　　B. 罗切斯特的哥哥

C. 简　　D. 梅森先生

636. 罗切斯特是理查德·梅森的(　　)。

A. 妹夫　　B. 姐夫　　C. 表兄弟　　D. 朋友

637. 简在密室里见过罗切斯特的妻子后下楼时,律师说简被证明是(　　)。

A. 有罪的　　B. 无辜的　　C. 被逼的　　D. 有嫌疑的

638. 简的叔叔得了(　　)病。

A. 肺　　B. 胃　　C. 心脏　　D. 心血管

639. 阻止罗切斯特与简·爱这桩婚事的人实际上是(　　)。

A. 理查德·梅森　　B. 牧师

C. 律师　　D. 简的叔叔

640. 当简的叔叔得知简与罗切斯特有意结合时,(　　)正好也在。

A. 索菲娅　　B. 梅森先生

C. 罗切斯特　　D. 费尔法克斯太太

641. 简的叔叔得知简有意与罗切斯特结合时,梅森先生是在回

(　　)的路上,逗留在马德拉群岛疗养的。

A. 克里奥尔　B. 意大利　C. 牙买加　D. 英格兰

642. 律师确信简还没到马德拉群岛,她叔叔就会去世,不然他会建议简和(　　)结伴而行。

A. 沃德先生　B. 梅森先生

C. 执事先生　D. 布里格斯先生

643. 简得知罗切斯特妻子的存在,待在自己房间里,认为永远也回不到罗切斯特那儿去了,因为(　　)。

A. 信念已被扼杀　B. 罗切斯特爱他的妻子

C. 罗切斯特离开了　D. 简已经不爱罗切斯特了

二、多项选择题

76. 简对普尔太太外貌的描述是:(　　)。

A. 宽阔、扁平的身材　B. 纤长、圆润的身材

C. 丑陋、粗糙的面容　D. 精致、姣好的面容

E. 圆圆大大的眼睛

77. 罗切斯特的哪些方面使他受到欢迎?(　　)。

A. 外貌　B. 学识　C. 能力

D. 财富　E. 门第

78. 以下对英格拉姆小姐的描述正确的有:(　　)。

A. 高高的个子　B. 干瘪的胸部　C. 颀长的脖子

D. 橄榄色的皮肤　E. 高贵的五官

79. 费尔法克斯太太口中的英格拉姆是怎么样的一位小姐?(　　)。

A. 光彩照人　B. 高贵　C. 善良

D. 勤劳　E. 漂亮

80. 桑菲尔德来客人的那夜,简给阿黛勒拿的食物有哪些?(　　)。

A. 冷鸡　B. 面包　C. 馅饼

D. 果汁　E. 芝士

81. 桑菲尔德来客人的第一晚,简和谁一起分享了从厨房拿来的食

物？（　　）。

A. 阿黛勒　　B. 费尔法克斯太太　C. 索菲娅

D. 格雷斯　　E. 莉娅

82. 简在客厅里陪着阿黛勒等那些贵妇小姐的时候，做了什么？（　　）。

A. 发呆　　B. 给阿黛勒折了一朵花

C. 竭力地看一本书　　D. 整理了下衣服

E. 喝了一杯茶

83. 在桑菲尔德客厅里，贵妇小姐们如何打发时光？（　　）。

A. 斜倚在沙发上　B. 斜倚在卧榻上　C. 凝视窗外

D. 围着火炉　　E. 互相交谈着

84. 到桑菲尔德做客的贵妇小姐有哪些？（　　）。

A. 梅森　　B. 布兰奇·英格拉姆

C. 埃希顿夫人　　D. 林恩夫人

E. 登特上校

85. 布兰奇·英格拉姆擅长哪些方面？（　　）。

A. 花卉　　B. 钢琴　　C. 歌唱

D. 绘画　　E. 法语

86. 以下哪些是简对罗切斯特外貌的描述？（　　）。

A. 方方的额角　　B. 宽阔乌黑的眉毛　C. 深沉的眼睛

D. 粗线条的五官　E. 干瘪的嘴巴

87. 哪些贵妇小姐讲述了他们的家庭教师？（　　）。

A. 阿黛勒　　B. 布兰奇　　C. 艾米

D. 路易莎　　E. 林恩

88. “字谜游戏”的道具有哪些？（　　）。

A. 织锦裙子　　B. 缎子宽身女裙　C. 黑色丝织品

D. 花边垂带　　E. 鲜花

89. 和罗切斯特一起玩“字谜游戏”的有谁？（　　）。

A. 简　　B. 英格拉姆小组　C. 埃希顿小姐

D. 登特夫人　　E. 埃希顿夫人

90. 简觉得,如果罗切斯特娶英格拉姆小组的话,那是因为(　　)。

A. 门第　　B. 政治地位　　C. 社会地位

D. 她善良　　E. 她真诚

91. 简对梅森的描述是:(　　)。

A. 五官标准　　B. 五官松弛　　C. 眼睛大而俊秀

D. 缺少活力　　E. 没有神采

92. 到桑菲尔德府算命的吉卜赛人不见(　　)。

A. 年轻的男生　　B. 已婚的女士　　C. 年轻单身的女士

D. 小孩　　E. 已婚的男士

93. 英格拉姆小姐见了算命的吉卜赛人后什么反应?(　　)。

A. 嗤之以鼻　　B. 冷漠拒绝别人的询问

C. 不慌张　　D. 不愉快　　E. 一笑了之

94. 当女巫出现在桑菲尔德客厅里时,大家的反应是怎样的?(　　)。

A. 欣喜　　B. 好奇　　C. 害怕

D. 忐忑　　E. 不在意

95. 当简独自一人去见女巫时,内心(　　)。

A. 害怕　　B. 欣喜　　C. 好奇

D. 激动　　E. 不安

96. 简去见吉卜赛人时是怎样的心情?(　　)。

A. 感兴趣　　B. 激动　　C. 害怕

D. 焦虑　　E. 担心

97. 女巫到桑菲尔德府的那晚,哪些人算命了?(　　)。

A. 简　　B. 英格拉姆小姐　　C. 路易莎

D. 玛丽　　E. 阿黛勒

98. 以下哪项符合对到访桑菲尔德府的女巫的描述?(　　)。

A. 身披红色斗篷　　B. 头戴黑色女帽　　C. 看书

D. 摸水晶球　　E. 抽烟

99. 英格拉姆小姐是个怎样的人?(　　)。

A. 美丽　　B. 高雅　　C. 风趣

D. 多才多艺　　E. 内向

100. 罗切斯特对简面对吉卜赛人时的反应作何评价？(　　)。

A. 愚笨　　B. 谨慎　　C. 明智

D. 害怕　　E. 聪明

101. 简看到假吉卜赛人的真面目后作何反应？(　　)。

A. 开心　　B. 惊讶　　C. 害怕

D. 庆幸　　E. 担心

102. 简被独自留下照顾梅森。梅森头昏时，简是怎么做的？(　　)。

A. 给他喝水　　B. 给他嗅盐　　C. 跟他说话

D. 打醒他　　E. 找医生

103. 简独自一人照顾梅森时表现如何？(　　)。

A. 静观　　B. 细听　　C. 心烦意乱

D. 焦躁　　E. 恐惧

104. 梅森受伤的那个夜晚，简听到了什么声音？(　　)。

A. 笑声　　B. 咯吱的脚步声

C. 狗叫似的声音，深沉的呻吟　　D. 争吵声

E. 歌声

105. 梅森受伤的那晚，罗切斯特在听完梅森的诉说后作何反应？(　　)。

A. 担心　　B. 厌恶　　C. 恐惧

D. 痛恨　　E. 害怕

106. 罗切斯特是如何看自己的？(　　)。

A. 老于世故　　B. 放荡不羁　　C. 焦躁不安

D. 生无可恋　　E. 安于现状

107. 里德太太的儿子约翰是怎样的人？(　　)。

A. 败光了家产

B. 负了债

C. 坐了牢

D. 常被一起厮混的无赖欺骗

E. 对母亲百依百顺

108. 简的舅妈是什么原因垮下来的？(　　)。

A. 亲人的逝去　　B. 损失了钱　　C. 害怕变成穷光蛋

D. 生病了　　E. 家务劳作

109. 再次见到贝茜，简觉得她(　　)。

A. 性子不再那么急

B. 手脚依旧那么轻

C. 容貌依旧姣好

D. 不再是盖茨黑德府对她最好的人

E. 对她说话还是过去那种专断的口气

110. 简对贝茜的评价是：(　　)。

A. 温柔　　B. 性子急　　C. 手脚轻

D. 容貌好　　E. 语气专断

111. 十岁时，简是带着怎样的心情离开舅妈家的？(　　)。

A. 绝望　　B. 痛苦　　C. 被抛弃的感觉

D. 害怕　　E. 担心

112. 再次回到盖茨黑德府时，简心情如何？(　　)。

A. 心还隐隐作痛　　B. 已更加自信自强

C. 不再压抑　　D. 心中的伤口还未愈合

E. 愤怒的火焰仍未熄灭

113. 简再次回到盖茨黑德府，舅妈的两个女儿对简的态度如何？(　　)。

A. 迫切　　B. 高傲　　C. 嘘寒问暖

D. 冷淡　　E. 漠然

114. 再次回到盖茨黑德府，里德太太的两个女儿对简的态度如何？(　　)。

A. 两位都很殷勤

B. 一位对她很怠慢

C. 一位对她很客气

D. 一位对她半带嘲弄的殷勤

E. 两位都对她置若罔闻

115. 当简回到盖茨黑德府发现里德太太对她的看法并未改变，这使她（　　）。

A. 感到痛苦　　B. 感到恼火　　C. 感到伤心

D. 感到不公　　E. 决心要制服她

116. 里德太太为什么那么恨简？（　　）。

A. 简长得过于漂亮

B. 里德先生不顾她的反对，一定要带回家抚养简

C. 里德先生对待简比自己的孩子还要好

D. 幼儿时期的简总是不停地哭

E. 孩子们不能与简好好相处让里德先生很生气

117. 离开盖茨黑德府前，伊丽莎对简的态度有何转变？（　　）。

A. 她对简和乔治亚娜同样冷淡

B. 她感谢简的帮助

C. 她认为简在生活中尽责，不是别人的累赘

D. 她希望简以后留在盖茨黑德府

E. 她和简无话不谈

118. 伊丽莎深感烦恼的根源是什么？（　　）。

A. 约翰的行为　　B. 碌碌无为的生活

C. 家庭濒临毁灭的威胁　　D. 里德夫人的病危

E. 简的打扰

119. 简认为乔治亚娜指的一切都过去是什么？（　　）。

A. 母亲的死　　B. 阴沉的葬礼余波　　C. 简离开这里

D. 母亲康复痊愈　　E. 找到意中人

120. 伊丽莎对妹妹是作何评价？（　　）。

A. 有理想有抱负　　B. 叽叽咕咕　　C. 爱慕虚荣

D. 无所事事　　E. 目中无人

121. 下面哪些是简对海伦的描述？（　　）。

A. 脱俗的容貌　　B. 消瘦的脸庞　　C. 崇高的目光

D. 纤细的手指　　E. 红润的嘴唇

122. 里德舅妈觉得自己做了什么对不起简的事情?(　　)。

A. 违背了对丈夫许下的诺言

B. 隐瞒了简还活着的消息

C. 把简送到学校读书

D. 误会简做错事

E. 与简争吵

123. 简没有告诉费尔法克斯太太回桑菲尔德府的确切时间,因为(　　)。

A. 简不希望她派马车去米尔科特接她

B. 她想自己静静地走完这段路

C. 简并不想回桑菲尔德府

D. 罗切斯特先生不在桑菲尔德府

E. 她想给大家一个惊喜

124. 罗切斯特先生向简求婚后如何计划他们婚后的生活?(　　)。

A. 带简去阳光明媚的地方

B. 带简到法国的葡萄园去

C. 带简到意大利的平原去

D. 带简游览名胜

E. 带简领略城市风光

125. 罗切斯特先生为什么没有向英格拉姆小姐求婚? 因为(　　)。

A. 他并不爱她

B. 她一听说他无力还债便不再对他热情

C. 她觉得他不够英俊

D. 她知道了他的秘密

E. 她的母亲不同意

126. 费尔法克斯太太听说了罗切斯特先生向简求婚后,有何反应?(　　)。

A. 很高兴　　　　B. 很吃惊

C. 勉强笑了笑并表示祝福　　D. 大惑不解

E. 对罗切斯特对简的爱表示怀疑

127. 罗切斯特认为就(　　)而言,简是无与伦比的。

A. 固执的性格　　B. 自力更生　　C. 冷漠无比的天性

D. 独立自主的执念　E. 过分自尊的痼疾

128. 在罗切斯特的求婚期,简认为(　　)会助长他的专横。

A. 贤惠　　B. 无理取闹　　C. 娇蛮

D. 顺从　　E. 多情

129. 婚礼前夜,简因为(　　)兴奋不安。

A. 匆忙的结婚准备已经结束

B. 对新生活的希望

C. 等待罗切斯特回来解开她心头的谜团

D. 洁白的婚纱无比美丽

E. 罗切斯特先生为她准备了无数礼物

130. 简对罗切斯特说她在罗切斯特送的面纱里看到了(　　)。

A. 尊重　　B. 精致　　C. 爱恋

D. 华丽　　E. 费尔法克斯·罗切斯特的傲慢

131. 当简看到罗切斯特在他们婚礼前送的面纱时,简想的是(　　)。

A. 嘲弄罗切斯特的贵族派头

B. 挑选一份精美的礼物回赠

C. 取笑罗切斯特费尽心思给她戴上贵族的假面

D. 离开桑菲尔德府

E. 揭开罗切斯特对她的殷勤假象

132. 婚礼前夜简对罗切斯特的表白刺痛了他的胸膛是因为简的表白说得(　　)。

A. 敷衍　　B. 真诚　　C. 虔敬

D. 幽默　　E. 富有活力

133. 婚礼前,简告诉罗切斯特先生她在梦中见到了(　　)。

A. 自己抱着一个小不点儿在雨中追赶罗切斯特先生

B. 桑菲尔德府变成了一片废墟

C. 罗切斯特先生送给她一块面纱

D. 一个又高又大的女人撕坏了面纱

E. 自己爬上了废墟中的墙

134. 简看到的伯莎·梅森(　　)。

A. 身材高大　　B. 乌黑的眉毛怒竖　C. 黑乎乎肿胀的脸

D. 额头沟壑纵横　E. 骨碌碌转的红眼睛

135. 关于被撕毁的面纱,罗切斯特先生的解释是(　　)。

A. 这件事一半是梦,一半是真

B. 格雷斯进了简的房间

C. 简过于兴奋看错了那个女人的长相

D. 等他们结婚一周年时会告诉简真相

E. 简过于兴奋导致产生了臆想

136. 罗切斯特在婚礼中止后邀请了(　　)去他家拜访他的妻子。

A. 布里格斯(律师)　B. 沃德(牧师)　C. 梅森

D. 执事　E. 观礼人员

137. 婚礼无法进行,罗切斯特带着客人回到家时,(　　)上前迎接他们。

A. 普尔太太　B. 费尔法克斯太太　C. 索菲娅

D. 莉娅　E. 阿黛勒

138. 罗切斯特不把他发疯的妻子安排在芬丁庄园是因为(　　)。

A. 芬丁庄园地处森林中心

B. 芬丁庄园的环境有害健康

C. 他要维护他的声誉

D. 他的妻子不愿意

E. 罗切斯特良心上不允许

139. 罗切斯特父亲的老相识梅森先生是(　　)。

A. 西印度人　B. 商人　C. 种植园主

D. 作家　E. 葡萄牙人

三、判断题

118. 罗切斯特晚上在床上看书，亮着蜡烛睡着，床幔起火而引发了火灾。（　）

119. 当简质问格雷斯·普尔着火事件，格雷斯·普尔的态度镇静。（　）

120. 在桑菲尔德庄园，简每天睡觉前没有闩门的习惯。（　）

121. 在桑菲尔德庄园，没有人知道盘子柜里有价值几百英镑的盘子。（　）

122. 简喜欢将自己与格雷斯·普尔做比较。（　）

123. 罗切斯特的外貌使他受到人们的欢迎。（　）

124. 英格拉姆小姐继承了家族的产业。（　）

125. 简用一两个小时画了自己的肖像，用两周画了英格拉姆小姐的肖像。（　）

126. 简知道桑菲尔德的秘密。（　）

127. 桑菲尔德来客人的第一个夜晚，简自己解决了晚饭。（　）

128. 简接待了罗切斯特信中来桑菲尔德的客人。（　）

129. 简向罗切斯特提起阿黛勒希望见一见那些贵妇和小姐。（　）

130. 简陪阿黛勒一起见来桑菲尔德的贵妇和小姐们。（　）

131. 埃希顿太太的大女儿个头较小，二女儿个头较高。（　）

132. 埃希顿太太和她的两个女儿是三位个子最高的女人。（　）

133. 富孀英格拉姆夫人看上去是个美人。（　）

134. 布兰奇·英格拉姆的外表与简描绘的画相吻合。（　）

135. 在简眼中，布兰奇·英格拉姆是个傲慢沉闷的人。（　）

136. 当贵妇小姐们谈论家庭教师的时候，简已离开客厅。（　）

137. 客人们初到桑菲尔德府时，阿黛勒受到了贵妇小姐们的宠爱。（　）

138. 罗切斯特先生不会唱歌。（　）

139. 费尔发克斯太太说过，罗切斯特先生的嗓子很好。（　）

140. 简和罗切斯特先生一起参加“字谜游戏”。（　）

141. 布兰奇·英格拉姆总是对阿黛勒很友好。( )

142. 简认为罗切斯特并不是真正地喜欢英格拉姆小姐。( )

143. 罗切斯特先生能给身边的人带来生气勃勃的感染。( )

144. 罗切斯特先生的故友梅森先生来自法国。( )

145. 梅森先生在印西群岛居住过。( )

146. 来到桑菲尔德府的女巫的外表让简感到不安。( )

147. 简相信命运,所以找女巫算命。( )

148. 到访桑菲尔德府的女巫就是罗切斯特先生。( )

149. 简平时都会拉好床幔睡觉,也会把百叶窗放下来。( )

150. 罗切斯特先生有一双棕色的眼睛。( )

151. 简的楼上传来了可怕的尖叫声,是罗切斯特先生做了一场噩梦。( )

152. 在奇怪的喊叫、搏斗和呼救后,简躲在被窝里一直睡不着。( )

153. 罗切斯特先生害怕梅森有生命危险,所以撇下简一个人去请医生。( )

154. 简被罗切斯特先生锁进了一个神秘的小房间照顾梅森时,丝毫没有表现出害怕的样子。( )

155. 罗切斯特先生的主动精神惯于受梅森的消极脾性支配。( )

156. 罗切斯特先生对梅森的到来感到高兴。( )

157. 简在三楼的守卫工作持续了两个星期。( )

158. 梅森为了见一个女人而受伤。( )

159. 太阳出来后,罗切斯特先生把受伤的梅森送走了。( )

160. 梅森离开桑菲尔德府去西班牙后那个女人已经死了。( )

161. 罗切斯特先生为了让梅森鼓起勇气,给他服用了兴奋剂。( )

162. 早上五点半的时候桑菲尔德府的仆人们已经起床了。( )

163. 简认为罗切斯特先生的房子是一座监狱。( )

164. 简喜欢日出,喜欢天空以及天气一暖和就消失的高高的轻云。( )

165. 梅森离开后罗切斯特先生就不用担心危险了。( )

166. 简愿意为罗切斯特先生效劳,无论什么事。( )

167. 罗切斯特先生从小是一个听话的男孩,身处异国时酿成了大错。( )

168. 人们认为,夜里梦见孩子无论是对自己还是对亲人都是吉兆。( )

169. 简因为有事向罗切斯特先生请假,罗切斯特先生给了她十五磅的工资。( )

170. 简打算在罗切斯特结婚后去求老夫人里德或者她的女儿给她工作。( )

171. 在罗切斯特先生看来,简好像有点太吝啬,干巴巴,不友好。( )

172. 里德太太生病后对简很友善。( )

173. 简认为罗切斯特先生是一个英俊有教养的人。( )

174. 伊莉莎认为,乔治安娜与她从来都没有共同之处。( )

175. 简长途跋涉回来见舅妈,受到了舅妈女儿的热情招待。( )

176. 随着时光的流逝,销蚀了简对舅妈的憎恨。( )

177. 简回舅妈家后与亲戚们都相处得很融洽。( )

178. 约翰的行为和家庭濒临毁灭的威胁是简深感烦恼的根源。( )

179. 里德舅妈做了三次对不起简·爱的事情,因而感到很懊悔。( )

180. 简在知道舅妈对自己的欺骗后原谅了她。( )

181. 简最后与舅妈重归于好。( )

182. 简去盖茨黑德府待了一周便回到罗切斯特先生家里。( )

183. 简爱上了在桑菲尔德的生活。( )

184. 简答应了罗切斯特的求婚。( )

185. 简很喜欢罗切斯特跟她提珠宝华服。( )

186. 费尔法克斯太太对简和罗切斯特在一起的事情感到非常欣慰。( )

187. 婚期前一个月,简听从了罗切斯特的建议,放弃了家庭教师的差事。( )

188. 按罗切斯特的标准,简不会唱歌,不懂音乐,也不喜欢听出色的演唱。(　)

189. 简喜欢罗切斯特先生的嗓子。(　)

190. 距婚期还有四周时,简为罗切斯特唱了一首歌。(　)

191. 简在与罗切斯特的婚礼前夜睡眠很好。(　)

192. 简在和罗切斯特举行婚礼前认为阿黛勒是她往昔生活的标志,而罗切斯特是她一无所知的未来的标志。(　)

193. 罗切斯特先生是有意重婚的。(　)

194. 伯莎·梅森既是个疯子又是个酒鬼。(　)

195. 罗切斯特在和伯莎·梅森结婚后才发现梅森的母亲是个疯子。(　)

196. 布里格斯律师和简的叔叔认识,并一直有联系。(　)

197. 梅森先生他们在看过罗切斯特的妻子后,没等得及向罗切斯特告别就走了。(　)

198. 简在婚礼无法进行并得知罗切斯特有个活着的妻子后,把自己关在房间里悲伤哭泣。(　)

参考答案

一、单项选择题

292. B　**293**. C　**294**. C　**295**. D　**296**. A　**297**. A　**298**. B　**299**. C

300. A　**301**. B　**302**. D　**303**. A　**304**. B　**305**. B　**306**. A　**307**. A

308. A　**309**. C　**310**. A　**311**. B　**312**. B　**313**. A　**314**. D　**315**. B

316. C　**317**. A　**318**. B　**319**. B　**320**. D　**321**. C　**322**. D　**323**. A

324. B　**325**. A　**326**. D　**327**. D　**328**. C　**329**. C　**330**. D　**331**. A

332. B　**333**. C　**334**. A　**335**. D　**336**. A　**337**. B　**338**. C　**339**. D

340. A　**341**. B　**342**. C　**343**. B　**344**. D　**345**. A　**346**. A　**347**. C

348. B　**349**. A　**350**. A　**351**. C　**352**. B　**353**. D　**354**. D　**355**. C

356. A　**357**. C　**358**. B　**359**. D　**360**. A　**361**. B　**362**. C　**363**. A

364. B　**365**. D　**366**. D　**367**. C　**368**. A　**369**. B　**370**. D　**371**. C

372. B　**373**. A　**374**. D　**375**. C　**376**. B　**377**. A　**378**. D　**379**. C

380. B 381. A 382. D 383. A 384. C 385. D 386. A 387. C
388. B 389. A 390. B 391. C 392. B 393. D 394. A 395. C
396. A 397. B 398. C 399. A 400. A 401. D 402. B 403. C
404. A 405. B 406. D 407. B 408. C 409. A 410. D 411. C
412. B 413. C 414. A 415. D 416. B 417. C 418. A 419. D
420. B 421. C 422. C 423. A 424. B 425. A 426. D 427. C
428. B 429. C 430. D 431. D 432. C 433. C 434. D 435. A
436. B 437. C 438. D 439. A 440. B 441. C 442. D 443. A
444. D 445. B 446. A 447. D 448. A 449. B 450. B 451. C
452. A 453. D 454. C 455. B 456. C 457. A 458. D 459. A
460. B 461. C 462. D 463. A 464. B 465. C 466. D 467. A
468. B 469. C 470. B 471. A 472. D 473. C 474. B 475. C
476. A 477. D 478. B 479. C 480. A 481. B 482. D 483. C
484. A 485. B 486. C 487. D 488. A 489. B 490. C 491. D
492. A 493. B 494. D 495. C 496. A 497. B 498. C 499. D
500. A 501. B 502. D 503. D 504. A 505. B 506. D 507. C
508. A 509. B 510. D 511. C 512. A 513. A 514. A 515. A
516. A 517. C 518. A 519. B 520. D 521. C 522. A 523. A
524. B 525. B 526. D 527. A 528. A 529. C 530. C 531. B
532. C 533. A 534. A 535. B 536. B 537. C 538. A 539. D
540. A 541. C 542. B 543. C 544. A 545. B 546. C 547. D
548. A 549. B 550. C 551. D 552. C 553. A 554. A 555. B
556. A 557. C 558. B 559. D 560. A 561. C 562. B 563. D
564. A 565. D 566. C 567. B 568. A 569. B 570. A 571. C
572. B 573. C 574. D 575. B 576. C 577. A 578. D 579. C
580. B 581. C 582. B 583. D 584. A 585. C 586. A 587. B
588. A 589. D 590. D 591. C 592. A 593. B 594. C 595. D
596. C 597. B 598. C 599. C 600. B 601. B 602. A 603. A
604. C 605. B 606. A 607. B 608. D 609. D 610. B 611. A
612. C 613. B 614. B 615. B 616. C 617. A 618. A 619. A

620. B　621. A　622. B　623. A　624. D　625. C　626. B　627. C
628. B　629. D　630. A　631. D　632. A　633. C　634. A　635. D
636. B　637. B　638. A　639. D　640. B　641. C　642. B　643. A

二、多项选择题

76. AC　77. BCDE　78. ACDE　79. ABE　80. ABC
81. AC　82. BC　83. ABDE　84. BCD　85. ABCE
86. ABCD　87. BC　88. ABCD　89. BCD　90. ABC
91. ABCDE　92. ABDE　93. BCD　94. BC　95. CD
96. AB　97. ABCD　98. ABC　99. ABCD　100. BC
101. BD　102. AB　103. ABC　104. BCE　105. BCD
106. ABC　107. ABCD　108. ABC　109. BCE　110. BCDE
111. ABC　112. ABC　113. BDE　114. BD　115. ABE
116. BCDE　117. BC　118. AC　119. AB　120. BCD
121. ABC　122. AB　123. AB　124. ABCED　125. AB
126. BCDE　127. CE　128. DE　129. ABC　130. BDE
131. AC　132. BCE　133. ABE　134. ABCDE　135. ABCDE
136. ABC　137. BCDE　138. ABE　139. ABC

三、判断题

118. 错　119. 对　120. 错　121. 错　122. 错　123. 错　124. 错
125. 对　126. 错　127. 对　128. 错　129. 错　130. 对　131. 对
132. 错　133. 对　134. 对　135. 错　136. 错　137. 对　138. 错
139. 对　140. 错　141. 错　142. 对　143. 对　144. 错　145. 对
146. 错　147. 错　148. 对　149. 对　150. 错　151. 错　152. 错
153. 对　154. 错　155. 错　156. 错　157. 错　158. 对　159. 错
160. 错　161. 对　162. 错　163. 错　164. 对　165. 错　166. 错
167. 错　168. 错　169. 错　170. 错　171. 对　172. 错　173. 错
174. 对　175. 错　176. 对　177. 错　178. 错　179. 错　180. 对
181. 错　182. 错　183. 对　184. 对　185. 错　186. 错　187. 错
188. 错　189. 对　190. 错　191. 错　192. 对　193. 对　194. 错
195. 对　196. 错　197. 对　198. 错

卷 三

内容简介

在一个凄风苦雨之夜，简悲痛欲绝地离开了桑菲尔德庄园。很快，她仅有的积蓄花光了，只能风餐露宿，沿途乞讨，最后晕倒在牧师圣·约翰家门前。圣·约翰和他的两个妹妹救了简。睡了三天三夜，简终于清醒过来。在圣·约翰家人的照料下，她渐渐恢复体力。后来圣·约翰为她谋了一个乡村教师的职位。

简渐渐适应了沼泽居的生活。不久，她通过圣·约翰得知叔父去世并给她留下一笔遗产，同时还发现圣·约翰是她的表兄，简决定将财产与圣·约翰兄妹平分。做乡村教师的日子里，简表面上很平静，但常常在梦中遇到罗切斯特先生，心里焦躁不安。

圣·约翰是个狂热的教徒，准备去印度传教，临行前向简求婚，并不是因为爱她，而是因为他需要一个助手。简觉得应该报答他的恩情，就在简要做出决定的时候，她仿佛听到罗切斯特在遥远的地方呼喊她的名字。圣·约翰不断努力，想让简尽快下定决心与他结婚。简在圣师的感召下差点失去了抗争的勇气。在那一刻，简又感受到内心有一个声音在不断地呼唤她，使她无法抗拒。简意识到她必须回去看看罗切斯特先生。

心灵有所感应的简赶回桑菲尔德庄园，却发现那里已成一片废墟。原来疯女人一把火烧毁了桑菲尔德庄园，自己在放火后坠楼身亡。罗切斯特先生为了救她也受伤失明，现在孤独地生活在几英里外的芬丁庄园。简找到罗切斯特先生，回到了他的身边，开始了幸福的生活。两年之后，罗切斯特治好了一只眼睛，看到了简为他生的第一个孩子。

自我检测

一、单项选择题

644. 简得知罗切斯特的真实婚姻情况后，选择(　　)。

A. 独自离开桑菲尔德　　B. 和罗切斯特结婚

C. 做罗切斯特的情妇　　D. 和罗切斯特一起离开桑菲尔德

645. 简对罗切斯特的忏悔和请求宽恕保持缄默的原因是(　　)。

A. 还没有宽恕罗切斯特　　B. 软弱

C. 无法面对罗切斯特　　D. 无话可说

646. 在简选择宽恕罗切斯特后，她对罗切斯特说她想喝(　　)。

A. 白酒　　B. 饮料　　C. 葡萄酒　　D. 水

647. 为什么简认为罗切斯特的怀抱已被占有，没有她的份和容身之地了？(　　)。

A. 因为罗切斯特已经有了一个妻子

B. 因为罗切斯特有太多情妇

C. 因为罗切斯特已经不爱简了

D. 因为简地位卑微

648. 简对罗切斯特说的“阿黛勒得另请家庭教师”的意思是(　　)，可是罗切斯特当时并没有真正了解。

A. 简要独自离开了

B. 请另外的家庭老师代替简的工作

C. 把阿黛勒留下，简和罗切斯特一起离开

D. 阿黛勒要去上学了

649. 下列哪项不是罗切斯特对桑菲尔德府的形容？(　　)。

A. 亚干的营帐　　B. 傲慢的墓穴

C. 狭窄的石头地狱　　D. 吃人的棺材

650. 简认为罗切斯特妻子的发疯是(　　)。

A. 必然的　　B. 意外　　C. 咎由自取　　D. 身不由己

651. 罗切斯特曾对简说要关闭桑菲尔德府，给普尔太太(　　)年

薪，让她和罗切斯特的妻子一起生活。

A. 二百英镑　B. 二百先令　C. 三百英镑　D. 三百先令

652. 简称罗切斯特的妻子是(　　)。

A. 痛苦的女人　B. 不幸的女人　C. 可怜的女人　D. 悲哀的女人

653. 罗切斯特向简表明，如果简疯了，他会(　　)。

A. 憎恨简　B. 抛弃简　C. 陪伴简　D. 发疯

654. 罗切斯特认为他的父亲是个(　　)的人。

A. 吝啬　B. 慈爱　C. 乐于助人　D. 贪得无厌

655. 罗切斯特先生大学一毕业就被送往(　　)。

A. 葡萄牙　B. 西班牙　C. 英国　D. 牙买加

656. 罗切斯特先生的父亲通过(　　)解决罗切斯特的生计。

A. 一桩富有的婚事　B. 留下巨额遗产

C. 介绍工作　D. 留下农庄

657. 罗切斯特和梅森小姐结婚，梅森先生将能够也愿意给他们(　　)英镑的财产。

A. 三百万　B. 三百　C. 三万　D. 三十万

658. 谁在罗切斯特之前告诉过简罗切斯特有个哥哥？(　　)。

A. 费尔法克斯太太　B. 莉娅

C. 普尔太太　D. 阿黛勒

659. 罗切斯特一离开大学就前往牙买加是为了(　　)。

A. 和伯莎·梅森成婚　B. 谈生意

C. 寻找心目中的爱人　D. 讨债

660. 伯莎·梅森是(　　)给罗切斯特找的伴侣。

A. 罗切斯特自己　B. 罗切斯特的父亲

C. 罗切斯特的母亲　D. 罗切斯特的哥哥

661. 罗切斯特的妻子年龄上比他(　　)。

A. 大五岁　B. 小五岁　C. 大三岁　D. 小三岁

662. 在与伯莎·梅森结婚前，罗切斯特一直以为伯莎·梅森的母亲(　　)。

A. 疯了　B. 探亲去了　C. 去世了　D. 生病了

663. 理查德·梅森软弱的灵魂中还有许多的爱,表现在(　　)。

A. 对他母亲的照顾　　B. 对他姐姐一直很关心

C. 对小动物的爱护　　D. 对流浪者的施舍

664. 除了梅森,罗切斯特的妻子还有个弟弟,是个(　　)的白痴。

A. 不会说话　B. 不识字　C. 失明　D. 失去听觉

665. 在罗切斯特的哥哥死了四年之后,(　　)也去世了。

A. 罗切斯特的妻子　　B. 罗切斯特的父亲

C. 罗切斯特的母亲　　D. 罗切斯特的孩子

666. 罗切斯特对简的怜悯说了一句"让那女儿自由地降生吧",其中"女儿"是指(　　)。

A. 热恋　B. 爱情　C. 怜悯　D. 简的孩子

667. 罗切斯特当初认为他决计不会有一个清静安定的家是因为(　　)。

A. 他的妻子智商低下

B. 他父亲不承认他的妻子

C. 他和他的妻子并不相爱

D. 他妻子不断发作,暴烈无理的脾性,没有人能忍受

668. 对于罗切斯特的妻子的种种劣迹,罗切斯特认为只有用(　　)才能制止。

A. 残暴的手段 B. 温柔的哄骗 C. 食物的引诱 D. 闪亮的珠宝

669. (　　)之后,罗切斯特变得足够富有同时又穷得可怕。

A. 罗切斯特的妻子发疯

B. 罗切斯特的哥哥和父亲相继去世

C. 罗切斯特和梅森小姐成婚

D. 罗切斯特的哥哥去世

670. 罗切斯特无法通过任何法律程序摆脱他妻子是因为(　　)。

A. 罗切斯特的父亲留下的遗嘱

B. 罗切斯特的哥哥留下的遗嘱

C. 他的妻子疯了

D. 他与妻子在国外结婚

671. 罗切斯特在把他妻子关进桑菲尔德后,四处漂泊了(　　)年。

A. 五　　B. 十　　C. 十五　　D. 四

672. 罗切斯特在发现他妻子发疯后,认为能把他和深渊隔开的只剩下(　　)。

A. 自由　　B. 爱情　　C. 自尊　　D. 财富

673. 罗切斯特面对自己的生活,他认为在他(　　)岁的年纪上,生活便已经全然无望了。

A. 十六　　B. 二十　　C. 二十五　　D. 二十六

674. 自从罗切斯特的妻子(　　)后,她就被关起来了。

A. 刺伤人　　B. 被医生宣布她疯了

C. 放火烧人　　D. 结婚后

675. 在(　　),罗切斯特因为他妻子的行为而产生开枪自杀的念头。

A. 西印度群岛　　B. 桑菲尔德府　　C. 伦敦　　D. 德国

676. 罗切斯特认为让他的妻子(　　),他就已经做了上帝和人类要求他对他的妻子做的一切。

A. 活下去　　B. 按病情需要得到照应

C. 被关起来　　D. 继续和他生活在一起

677. 罗切斯特的妻子在房间的密室里呆了(　　)年。

A. 四　　B. 五　　C. 九　　D. 十

678. 罗切斯特先生结婚后,四处游荡,走遍了欧洲大陆所有的国家,目的是(　　)。

A. 寻找简

B. 逃离父亲和哥哥的控制

C. 寻找情妇

D. 找一个他可以爱的,与他留在桑菲尔德的疯子完全不同的女人

679. 罗切斯特的妻子神志清醒的时候会(　　)。

A. 一个人安安静静　　B. 整日骂罗切斯特

C. 和罗切斯特聊天　　D. 摔烂房间里的所有东西

680. 在婚礼上被揭发他有妻子前,罗切斯特只让(　　)知道有关

他妻子的秘密。

A. 格雷斯和医生卡特　　B. 费尔法克斯太太

C. 简　　D. 罗切斯特的哥哥

681. 当简刨根究底时,常常使罗切斯特先生(　　)。

A. 生气　　B. 发笑　　C. 愤怒　　D. 害怕

682. 罗切斯特先生在欧洲大陆生活了十年,(　　)使他在社交圈广受欢迎。

A. 大量的财富　B. 英俊的外貌　C. 丰富的学识　D. 美丽的歌喉

683. 罗切斯特的情妇嘉辛塔是(　　)人。

A. 德国　　B. 法国　　C. 英国　　D. 意大利

684. 罗切斯特认为嘉辛塔(　　),三个月后就讨厌她了。

A. 性格暴烈　B. 沉闷无趣　C. 不懂幽默　D. 没有文化

685. 罗切斯特的情妇克莱拉是(　　)人。

A. 德国　　B. 法国　　C. 英国　　D. 意大利

686. 罗切斯特认为克莱拉(　　),不合他胃口。

A. 性格暴烈　B. 沉闷无趣　C. 不懂幽默　D. 反应迟钝

687. 罗切斯特通过(　　)把克莱拉撵走了。

A. 给克莱拉一笔钱并找了一份行当

B. 威胁克莱拉

C. 恐吓克莱拉

D. 告知克莱拉他已经成婚

688. 罗切斯特认为雇一个情妇的坏仅次于(　　)。

A. 入室抢劫　B. 多次结婚　C. 买一个奴隶　D. 买凶杀人

689. 罗切斯特和简说,雇一个情妇和买一个奴隶就(　　)和地位而言都是低劣的。

A. 形式　　B. 内容　　C. 本性　　D. 道德

690. 罗切斯特先生从欧洲大陆回到英格兰时的心情是(　　)。

A. 如释重负　B. 孤独苦恼　C. 轻松舒畅　D. 充满希望

691. 长年四处漂泊后罗切斯特回到英格兰是因为(　　)。

A. 他妻子曝光了　　B. 简出现在英格兰

C. 他妻子去世了　　　　　　D. 事务需要

692. 罗切斯特先生什么时候开始觉得简对他来说是特别的？(　　)。

A. 他喜欢在晚餐后和她聊天

B. 假扮吉卜赛女人给简算命

C. 简对阿黛勒的管教很有成果

D. 他落马后用手搭在简的肩头时感受到了新鲜的活力

693. 罗切斯特先生发现自己喜欢简，但后来很长一段时间有意疏远她，因为(　　)。

A. 简对他态度冷淡

B. 他已经有未婚妻

C. 他非常清楚两人之间的悬殊

D. 他担心如果随意摆弄这花朵，她的魅力便会消失

694. 罗切斯特认为简在刚到桑菲尔德的那一段时间里，(　　)的神态是简习惯的表情。

A. 若有所思　B. 低沉沮丧　C. 轻松活泼　D. 开朗乐观

695. 罗切斯特要简“违背人类的一个法律”是指(　　)。

A. 杀了罗切斯特的妻子　　　B. 继续和罗切斯特在一起

C. 抢夺他人财产　　　　　　D. 绑架罗切斯特的妻子

696. 罗切斯特最后同意简离开桑菲尔德，但要简记住(　　)。

A. 罗切斯特一直会等她　　　B. 他们在一起的日子

C. 罗切斯特对她的爱　　　　D. 她把他留在那儿痛苦不堪

697. 简和罗切斯特定下的婚期在(　　)月份。

A. 四　　B. 五　　C. 六　　D. 七

698. 在离开罗切斯特的前一晚上，简梦见自己躺在(　　)。

A. 红房子里　B. 草坪上　C. 果树上　D. 育儿室里

699. 得知罗切斯特先生的婚姻状况后，简在(　　)离开了桑菲尔德府。

A. 黎明　B. 上午　C. 下午　D. 晚上

700. 简决定离开罗切斯特先生是在(　　)。

A. 五月　　B. 六月　　C. 七月　　D. 八月

701. 简离开桑菲尔德府前夜，罗切斯特先生说(　　)是最好的报酬。

A. 简的爱　　B. 做他的妻子

C. 做他的情妇　　D. 离开他

702. 婚礼后，简离开桑菲尔德府时为什么要找来一小瓶油和一根羽毛？(　　)。

A. 为了开门时不发出响声　　B. 为了修理马车

C. 路上可能会有用　　D. 用来擦鞋子

703. 简独自离开桑菲尔德府时最担心(　　)。

A. 自己被发现　　B. 未知的未来

C. 罗切斯特先生自暴自弃　　D. 无家可归

704. 简乘坐公共马车离开桑菲尔德府的一路上都在祈祷(　　)。

A. 能回到罗切斯特先生身边　　B. 不要给心爱的人带来灾祸

C. 顺利抵达目的地　　D. 自己的未来一切平安

705. 简为什么选择惠特克劳斯作为离开桑菲尔德府的目的地？因为(　　)。

A. 简表兄一家住在惠特克劳斯

B. 简的新工作在惠特克劳斯

C. 公共马车只到这个地方

D. 惠特克劳斯离桑菲尔德府很远，而且那里罗切斯特先生没有亲戚

706. 简认为罗切斯特先生是她(　　)的天堂。

A. 暂时　　B. 永久　　C. 半年　　D. 十年

707. 简认为鸟儿忠于自己的伙伴是(　　)的标志。

A. 友情　　B. 爱　　C. 善良　　D. 宽容

708. 离开桑菲尔德府时，在内心的疼痛和狂热的(　　)的过程中，简讨厌自己。

A. 反叛　　B. 自毁　　C. 恪守原则　　D. 悲伤

709. 离开桑菲尔德府时，简在自责和自尊中都找不到(　　)。

A. 安慰　　B. 希望　　C. 未来　　D. 悲伤

710. 离开桑菲尔德后，简用二十先令到达了(　　)。

A. 盖茨黑德　　B. 惠特克劳斯　　C. 欧石南　　D. 罗沃德

711. 简在离开桑菲尔德时的全部家产是(　　)。

A. 二十法郎　　B. 二十英镑　　C. 二十先令　　D. 三十英镑

712. 简乘坐(　　)离开了桑菲尔德到达了惠特克劳斯。

A. 公共马车　　B. 公共汽车　　C. 私人马车　　D. 私人汽车

713. 简把在离开桑菲尔德时带走的“全部家产”用在了(　　)上。

A. 购买衣物　　B. 支付车费　　C. 施舍乞丐　　D. 赔偿马车

714. 简到惠特克劳斯时把(　　)忘在了马车上。

A. 鞋子　　B. 钱包　　C. 项链　　D. 包裹

715. 惠特克劳斯是(　　)。

A. 一个村庄　　B. 一个小镇　　C. 一根石柱　　D. 一块木制牌匾

716. 车夫把简在惠特克劳斯放下不愿意再往前是因为(　　)。

A. 简给他的钱不够了　　B. 前方道路不通

C. 下雨了　　D. 马车坏了

717. 惠特克劳斯在(　　)条路汇合的地方。

A. 一　　B. 二　　C. 三　　D. 四

718. 惠特克劳斯与最近的城镇相距(　　)。

A. 十英里　　B. 五英尺　　C. 十五英尺　　D. 二十英尺

719. 简从桑菲尔德到惠特克劳斯用了(　　)。

A. 两天　　B. 三天　　C. 一天　　D. 半天

720. 简再次来到惠特克劳斯，走得万分疲劳、四肢麻木时，听到了(　　)。

A. 鸟叫声　　B. 教堂的钟声　　C. 马车声　　D. 人声

721. 惠特克劳斯所在的郡位于(　　)。

A. 中部偏东　　B. 中部偏西　　C. 中部偏北　　D. 中部偏南

722. 简离开桑菲尔德府后身上最后剩下的钱用来买了(　　)。

A. 围巾　　B. 手套　　C. 食物　　D. 帽子

723. 简下了马车，身上还剩一个便士，用它买了(　　)。

A. 一个面包　B. 一双手套　C. 一瓶水　D. 一块围巾

724. 简离开桑菲尔德的第一个夜晚住在(　　)。

A. 旅馆　B. 欧石南丛中　C. 农户家　D. 牧师家

725. 简在欧石南丛里睡觉的时候用(　　)做盖被。

A. 枯草　B. 围巾　C. 披肩　D. 衣服

726. 简一开始在欧石南丛里睡不着是因为(　　)。

A. 天气冷　B. 肚子饿　C. 生病了　D. 想念罗切斯特

727. 简离开惠特克劳斯后找到的村庄里,大多数人是(　　)。

A. 商人　B. 农场工　C. 教师　D. 传教士

728. 简在没遇到圣·约翰前就去过他的教堂,那时给简开门的是(　　)。

A. 厨娘　B. 约翰的母亲　C. 管家　D. 约翰的父亲

729. 简在身无分文时,曾跟一个小女孩要了(　　)。

A. 一碗水　B. 要倒进猪槽的冷粥

C. 一个面包　D. 一块毛毯

730. 简认为死于(　　)是天性所不能默认的命运。

A. 饥寒　B. 疾病　C. 战争　D. 灾难

731. 流浪时,简在看到远在沼泽和山脊中的一道光时的第一想法是把它当成了(　　)。

A. 篝火　B. 炉火　C. 鬼火　D. 烛火

732. 沼泽居离地一英尺的一扇格子小窗是什么形状的?(　　)。

A. 方形　B. 菱形　C. 圆形　D. 六边形

733. 实际上,是(　　)引导着简找到了沼泽居。

A. 篝火　B. 炉火　C. 鬼火　D. 烛光

734. 流浪时,简走到小巷尽头询问是否可以提供(　　),她被拒绝了。

A. 食物　B. 工作　C. 衣物　D. 住宿

735. 陌生人到了无亲无故的地方会找(　　)帮忙。

A. 牧师　B. 乡绅　C. 当地人　D. 中介

736. 流浪时,简开口向(　　)讨要面包,他同意了。

A. 牧师　B. 面包店老板　C. 牧师管家　D. 农户

737. 农户给流浪的简面包是因为他认为简是一个怪癖的(　　)。

A. 小姐　B. 家庭教师　C. 贵妇　D. 学生

738. 在一个小茅屋门口,小女孩把(　　)倒在流浪的简的手心。

A. 冷成块的粥　B. 面包片　C. 点心　D. 牛奶

739. 简到沼泽居后,(　　)拒绝让她进屋。

A. 黛安娜　B. 玛丽　C. 汉娜　D. 约翰

740. 夏天的沼泽比冬天的更(　　)通过。

A. 难　B. 容易　C. 差不多　D. 都不易

741. 简从沼泽居窗户里看到老妇人正在编织(　　)。

A. 袜子　B. 裤子　C. 围巾　D. 手套

742. 简从窗外看到沼泽居的两个年轻高雅的女子穿着(　　)。

A. 丧服　B. 华裙　C. 女仆装　D. 西装

743. 玛丽和黛安娜学德语是为了(　　)。

A. 赚更多的钱　B. 长知识　C. 兴趣爱好　D. 闲得无聊

744. 玛丽和黛安娜必须借助(　　)才能看懂德语。

A. 汉娜　B. 教师　C. 书本　D. 词典

745. 玛丽和黛安娜的学习方法是(　　)。

A. 家庭教师　B. 查字典　C. 哥哥教导　D. 父亲教导

746. 简在寄宿学校呆了(　　)。

A. 五年　B. 八年　C. 三年　D. 九年

747. 简饥寒交迫来到沼泽居时,觉得在沼泽居(　　)是一个妄想。

A. 讨要食物　B. 借宿　C. 讨要衣物　D. 找工作

748. 汉娜给简(　　)和一片面包,希望她离开。

A. 衣服　B. 介绍信　C. 一便士　D. 一先令

749. 汉娜觉得简(　　),不愿帮助她。

A. 不怀好心　B. 贼眉鼠眼　C. 过于消瘦　D. 不守本分

750. 汉娜给简的第一印象是(　　)。

A. 健谈　B. 温和　C. 诚实却执拗　D. 严厉

751. 玛丽第一次看到简时,简(　　)。

A. 脸色红润　B. 面如死灰　C. 身材高挑　D. 精神抖擞

752. 简初到沼泽居，饿坏了时（　　）喂给她食物。

A. 玛丽　B. 黛安娜　C. 圣·约翰　D. 汉娜

753. 初到沼泽居，简疲劳过度后昏睡了（　　）。

A. 一天一夜　B. 两天两夜　C. 三天三夜　D. 一晚

754. 圣·约翰家在（　　）。

A. 莫尔顿　B. 桑菲尔德

C. 惠特克劳斯　D. 欧石南

755. 沼泽居里住过（　　）任家长。

A. 四　B. 三　C. 五　D. 二

756. 圣·约翰是圣·约翰先生（　　）时的名字。

A. 出生　B. 洗礼　C. 长大　D. 小名

757. 汉娜用鹅莓干做（　　）。

A. 饼　B. 茶点　C. 面团　D. 茶

758. 里弗斯先生死于（　　）。

A. 心血管　B. 中风　C. 肝病　D. 肺病

759. 圣·约翰先生的母亲（　　）死亡。

A. 已经　B. 即将　C. 可能　D. 没有

760. 汉娜住在沼泽居（　　）年了。

A. 四十　B. 三十　C. 二十　D. 三十五

761. 简和汉娜谈话时提到，基督徒不会把（　　）当成耻辱。

A. 没房子　B. 没家庭　C. 没田地　D. 没孩子

762. 沼泽居有（　　）年历史。

A. 几百　B. 几十　C. 一百多　D. 两百多

763. 奥利弗先生在（　　）有个豪宅。

A. 莫尔顿谷　B. 桑菲尔德　C. 欧石南　D. 惠特克劳斯

764. 比尔·奥利弗的父亲是个（　　）。

A. 牧师　B. 教师　C. 商人　D. 工匠

765. 黛安娜的声调在简看来像（　　）声。

A. 百灵鸟　B. 鸽子　C. 杜鹃　D. 喜鹊

766. 沼泽居的墙上有(　　)的男女画像。

A. 过去时代　B. 现代　C. 性感　D. 淳朴

767. 圣·约翰提到要写信给简的朋友带她回家时,简拒绝了,因为(　　)。

A. 她不想给亲戚添麻烦

B. 她既没有朋友也没有家

C. 她希望罗切斯特先生来接她

D. 她相信她会回到罗切斯特先生身边

768. 听了圣·约翰问简有没有结婚时,(　　)大笑起来。

A. 黛安娜　B. 简　C. 玛丽　D. 罗切斯特

769. 圣·约翰提起结婚时,简被勾起了(　　)和兴奋的回忆。

A. 无奈　B. 痛苦　C. 期盼　D. 激动

770. 圣·约翰在收留简时,说她像快要冻僵的(　　)。

A. 兔子　B. 鸟　C. 鹰　D. 狐狸

771. 圣·约翰先生是(　　)里的牧师。

A. 贫苦乡村　B. 一级城市　C. 二级城市　D. 海岛

772. 简绘画时,(　　)会坐在旁边看并学起来了。

A. 玛丽　B. 黛安娜　C. 圣·约翰　D. 卡罗

773. (　　)愿意教简德语。

A. 黛安娜　B. 玛丽　C. 圣·约翰　D. 汉娜

774. 在沼泽居时,简教(　　)作画。

A. 黛安娜　B. 玛丽　C. 圣·约翰　D. 汉娜

775. 圣·约翰对(　　)工作非常热情。

A. 军官　B. 牧师　C. 法官　D. 教师

776. 圣·约翰在表达对自然的迷恋时,(　　)甚于愉悦。

A. 忧郁　B. 紧张　C. 激动　D. 胆怯

777. 圣·约翰不断严厉地提到(　　)主义。

A. 共产　B. 资本　C. 加尔文　D. 人文

778. 黛安娜和玛丽在(　　)国南部一个时髦的城市当家庭教师。

A. 中　B. 俄　C. 德　D. 英

779. 玛丽和黛安娜的工作是(　　)。

A. 牧师　B. 家庭教师　C. 老师　D. 女佣

780. 圣·约翰有(　　)的性格外壳。

A. 开朗　B. 积极　C. 拘谨　D. 幽默

781. 圣·约翰带(　　)去莫尔顿的牧师住所。

A. 黛安娜　B. 玛丽　C. 汉娜　D. 简

782. 沼泽居田庄后有一排枯萎的(　　)。

A. 梧桐　B. 杉树　C. 杨树　D. 香樟

783. 圣·约翰的父亲留给圣·约翰的全部遗产就只有(　　)。

A. 田庄　B. 城堡　C. 学校　D. 教堂

784. 圣·约翰信奉(　　)教。

A. 清真　B. 道　C. 佛　D. 基督

785. 圣·约翰租了(　　)幢楼用来为女孩子开设学校。

A. 一　B. 两　C. 三　D. 四

786. 简的新工作——乡村教师,工资(　　)一年。

A. 四十英镑　B. 三十英镑　C. 二十英镑　D. 五十英镑

787. 圣·约翰觉得人类的爱心和(　　)在简身上表现得很强烈。

A. 同情心　B. 勇敢　C. 毅力　D. 智慧

788. 简接受了圣·约翰提供的职位,(　　)开始履行职务。

A. 第二天　B. 下周　C. 半个月后　D. 一个月后

789. 随着同圣·约翰和家园告别的日子越来越近,黛安娜和玛丽的心情如何?(　　)。

A. 和往常一样　B. 和他一样兴奋

C. 为哥哥如愿以偿感到高兴　D. 越来越伤心,无法驱除忧愁

790. 对圣·约翰的决定,玛丽认为(　　)。

A. 她的良心不容她说服哥哥放弃他的决定

B. 及早劝服他放弃

C. 欣然赞同

D. 坚决反对

791. 玛丽说(　　)会为他长期形成的决定而牺牲一切。

A. 简　　B. 罗切斯特　　C. 卡罗　　D. 圣·约翰

792. 离家去英国做家庭教师前,玛丽和黛安娜从信中得知(　　)去世了。

A. 舅舅　　B. 哥哥　　C. 姐姐　　D. 妹妹

793. 离开桑菲尔德府后,(　　)为简提供了工作。

A. 汉娜　　B. 玛丽　　C. 圣·约翰　　D. 黛安娜

794. 圣·约翰讲道时说要安于自己(　　)的命运。

A. 不凡　　B. 悲惨　　C. 平凡　　D. 卑微

795. 圣·约翰的舅舅去世前给他们留下的钱用来购置(　　)。

A. 丧戒　　B. 丧服　　C. 房子　　D. 田

796. 玛丽的舅舅给他们三个留了(　　)畿尼。

A. 三十　　B. 四十　　C. 六十　　D. 九十

797. 圣·约翰的舅舅似乎积攒了(　　)英镑的财产。

A. 一万　　B. 两万　　C. 三万　　D. 五万

798. 简在莫尔顿的二十几个学生中,只有(　　)能读。

A. 一个　　B. 两个　　C. 三个　　D. 四个

799. 傍晚时分,简给了女仆一个(　　)作为工钱。

A. 先令　　B. 便士　　C. 橘子　　D. 桃子

800. 在莫尔顿,田野与学校离村庄有(　　)。

A. 半英里　　B. 一英里　　C. 两英里　　D. 五英里

801. 简觉得教书比在马赛愚人的天堂做一个(　　)好。

A. 上帝　　B. 老板　　C. 公主　　D. 奴隶

802. 猎狗老卡罗用(　　)推着门。

A. 尾巴　　B. 头　　C. 鼻子　　D. 前腿

803. 圣·约翰觉得(　　)一定程度上给了他们力量来创造自己的命运。

A. 法官　　B. 父亲　　C. 母亲　　D. 上帝

804. 简眼中英格兰温和的气候所能塑造的最可爱的面容属于(　　)。

A. 贝茜　　B. 乔治亚娜　　C. 奥利弗小姐　　D. 黛安娜

805. 奥利弗小姐是一个(　　)的人。

A. 单纯　B. 专横　C. 野蛮　D. 嚣张

806. 罗莎蒙德(　　)后到山谷,第一次见到简。

A. 教完书　B. 骑完马　C. 打完球　D. 用完茶

807. 当罗莎蒙德刚来时,圣・约翰正在看(　　)。

A. 雏菊　B. 茉莉　C. 海棠　D. 玫瑰

808. 罗莎蒙德觉得(　　)是世上最讨人喜欢的人。

A. 法官　B. 教师　C. 医生　D. 军官

809. 罗莎蒙德说有时她会到学校帮简(　　)。

A. 种花　B. 教书　C. 打扫卫生　D. 画画

810. 罗莎蒙德从 S 市回来后,一定邀请(　　)去她家做客。

A. 圣・约翰　B. 玛丽　C. 黛安娜　D. 汉娜

811. 罗莎蒙德从 S 市回来那天,邀请圣・约翰去她家,圣・约翰(　　)了。

A. 拒绝　B. 接受　C. 回避　D. 忽略

812. 乡村学校学生的(　　)对简很殷勤。

A. 祖父母　B. 父母　C. 叔叔　D. 朋友

813. 罗莎蒙德总是在(　　)到乡村学校。

A. 从 S 市回来时　B. 下午散步时

C. 早上遛马时　D. 傍晚休息时

814. 罗莎蒙德总是在(　　)上每日教义问答课时到乡村学校。

A. 简　B. 里弗斯先生　C. 奥利弗先生　D. 爱德华

815. 自从做教师后,(　　)都亲切地和简打招呼。

A. 学生　B. 所有人　C. 家长　D. 劳动者

816. (　　)小姐一般在早上到乡村学校。

A. 黛安娜　B. 玛丽　C. 罗莎蒙德　D. 乔治亚娜

817. 圣・约翰并没有在(　　)面前掩饰他所感受到的魅力,因为他无法掩饰。

A. 简　B. 奥利弗小姐　C. 玛丽　D. 黛安娜

818. 圣・约翰喜欢奥利弗小姐,但他更爱(　　)。

A. 升往天堂　B. 简　C. 自由　D. 国家

819. (　　)经常造访简的小屋。

A. 奥利弗小姐　B. 黛安娜　C. 玛丽　D. 汉娜

820. (　　)自从做教师后,无论什么时候出门都会听到亲切的招呼。

A. 爱德华　B. 玛丽　C. 罗莎蒙德　D. 简

821. 简认为(　　)并不能使人深感兴趣,或留下难以磨灭的印象。

A. 罗莎蒙德　B. 玛丽　C. 圣·约翰　D. 卡罗

822. 简觉得罗莎蒙德和父亲在一起时看上去像(　　)旁的一朵鲜花。

A. 学校　B. 田野　C. 古塔　D. 河

823. 罗莎蒙德形容圣·约翰是一个(　　)。

A. 大师　B. 天使　C. 上帝　D. 魔鬼

824. 简认为(　　)是更容易也是更惬意的工作。

A. 翻译　B. 种花　C. 画画　D. 教书

825. 十一月五日,在乡村学校的小屋里,简翻译了几页(　　),花去了一个小时。

A. 德文　B. 英文　C. 俄文　D. 中文

826. 简的小佣人帮简清扫房子获得了(　　)的酬劳。

A. 一个便士　B. 一个先令　C. 一个英镑　D. 两个便士

827. 奥利弗先生认为圣·约翰(　　)可以使人忽略他的家财。

A. 良好的外貌　B. 足够的知识

C. 古老的名字　D. 优秀的涵养

828. (　　)表示对于简在学校做的,很满意。

A. 奥利弗小姐　B. 奥利弗先生

C. 圣·约翰　D. 罗切斯特

829. 圣·约翰第一次看到(　　)的画像时惊跳起来并避开了简的目光。

A. 罗切斯特先生　B. 奥利弗小姐

C. 约翰舅舅　D. 他自己

830. 简在乡村学校的一个假日,圣・约翰造访她的小屋,给她的礼物是(　　)。

A. 一本书　B. 一支笔　C. 一个本子　D. 一个梳子

831. 在乡村学校,简觉得处在一个(　　)的黄金时代。

A. 散文学　B. 古代文学　C. 近代文学　D. 现代文学

832. 简在乡村学校的一个假日,圣・约翰造访她的小屋,给她带了一本(　　)。

A. 童话书　B. 小故事书　C. 诗集　D. 词典

833. 圣・约翰觉得简为奥利弗小姐画的画很(　　)。

A. 粗俗　B. 淡然　C. 华丽　D. 美

834. 圣・约翰不会和奥利弗小姐结婚的原因是觉得她对(　　)无作用。

A. 家庭　B. 事业　C. 爱情　D. 未来

835. 简用(　　)的方法令圣・约翰吐露心扉。

A. 直白　B. 坦诚　C. 突然袭击　D. 迂回

836. 圣・约翰先生评价自己是一个(　　)的人。

A. 冷漠无情　B. 淡然　C. 热情　D. 开朗

837. 圣・约翰在奥利弗小姐面前脸红是因为(　　)。

A. 蔑视自己的弱点　B. 瞧不起自己

C. 自我陶醉　D. 自我淘汰

838. (　　)一走进教室,圣・约翰就会颤抖。

A. 奥利弗小姐　B. 爱德华　C. 罗切斯特　D. 奥利弗先生

839. 圣・约翰觉得他活着的目的是(　　)。

A. 传播教义　B. 广做好事　C. 助人　D. 升入天堂

840. 圣・约翰信仰基督教纯洁、宽厚、(　　)的教义。

A. 仁慈　B. 善良　C. 乐于助人　D. 温柔

841. 圣・约翰把自己描绘成(　　)哲学家。

A. 异教徒　B. 基督教　C. 理学　D. 心理

842. 圣・约翰认为简是(　　)有条理的女人。

A. 有耐心　B. 勤恳　C. 有决心　D. 有恒心

843. 圣·约翰尊崇忍耐、(　　)勤勉和才能。

A. 毅力　　B. 决心　　C. 信心　　D. 坚持

844. 圣·约翰认为他的向导是(　　)而非情感。

A. 厌恶　　B. 爱好　　C. 理智　　D. 习惯

845. 圣·约翰认为在所有情感中,只有生性的(　　)能令他有力量。

A. 厌恶　　B. 爱好　　C. 性格　　D. 习惯

846. 暴风雪夜,简在莫尔顿的小屋内开始读的书是(　　)。

A.《麦克白》　　B.《玛米昂》

C.《爱丽丝漫游记》　　D.《格列夫游记》

847. 暴风雪的晚上,(　　)前来为了给简讲述了一个故事。

A. 圣·约翰　　B. 奥利弗小姐

C. 汉娜　　D. 玛丽

848. 在莫尔顿小屋的暴风雪夜,简听到响动,以为是风,实际是(　　)到访。

A. 圣·约翰　　B. 罗切斯特　　C. 玛丽　　D. 黛安娜

849. 暴风雪夜,有人造访简的小屋,她有些惊慌,因为(　　)。

A. 担心有不速之客

B. 害怕有野兽出没

C. 风雪太大堵住了家门

D. 在这样的夜晚她不曾料到有人造访

850. 暴风雪夜,简发现圣·约翰脸上有(　　)的痕迹。

A. 辛劳和忧伤　　B. 悲愤与痛苦

C. 快乐与轻松　　D. 欢喜和激动

851. 圣·约翰在暴风雪夜到访时,简告诉他即将有(　　)新学生。

A. 一个　　B. 三个　　C. 四个　　D. 两个

852. 简告诉圣·约翰,(　　)打算圣诞节请全校的客。

A. 罗切斯特　　B. 圣·约翰　　C. 奥利弗小姐　D. 奥利弗先生

853. 简在莫尔顿居住的房屋原来是(　　)。

A. 木仓　　B. 油仓　　C. 谷仓　　D. 盐仓

854．简的母亲一结婚，就（　　）。

A．被家人断绝了关系　　B．移居国外

C．去世了　　D．破产了

855．简的母亲是一个（　　）。

A．穷人　　B．有钱人的女儿

C．村女　　D．教师

856．简父母结婚（　　）不到便相继去世了。

A．一年　　B．两年　　C．三年　　D．四年

857．简父母的坟墓在（　　）。

A．城外　　B．一个工业城市

C．乡村　　D．湖边

858．布里格斯是一位（　　）。

A．律师　　B．裁判　　C．执法者　　D．裁决者

859．布里格斯律师说他的回信是由（　　）写的。

A．罗切斯特　　B．费尔法克斯

C．简　　D．约翰

860．圣·约翰先生在简的垫纸上发现了（　　）。

A．“简·爱”两字　　B．“简·艾略特”的签名

C．涂鸦　　D．随笔

861．圣·约翰告诉简，她唯一的亲戚（　　）去世了。

A．阿姨　　B．叔父　　C．姨母　　D．舅舅

862．简曾称罗切斯特为我亲爱的（　　）。

A．爱德华　　B．罗切斯特　　C．叔叔　　D．主人

863．简想向圣·约翰先生询问（　　）的消息。

A．罗切斯特　　B．布里格斯　　C．叔父　　D．姨母

864．圣·约翰在暴风雪夜造访简的小屋，其目的是（　　）。

A．听简讲述故事　　B．向简诉说他的情感

C．证实简的身份　　D．商量学校的事情

865．简作为她叔父的第一继承人，有（　　）英镑遗产。

A．五千　　B．四千　　C．两万　　D．一万

866. 暴风雪那晚,圣·约翰确认简的身份后,为什么没有请汉娜过来陪伴简?(　　)。

A. 山路被阻断无法通行　　B. 风雪弥漫,积雪太深

C. 汉娜身体不适　　D. 简拒绝了

867. 圣·约翰妹妹们代简去莫尔顿学校,简告假待在家里读席勒的作品,是因为简(　　)。

A. 感冒了　B. 受伤了　C. 忙于学习　D. 在度假

868. 简告假在家,圣·约翰在破译的东方涡卷形字体是(　　)。

A. 阿拉伯语　　B. 印度斯坦语

C. 巴基斯坦语　　D. 希腊语

869. 圣·约翰要简放弃学习德语,改学(　　)语。

A. 法语　　B. 阿拉伯语

C. 印度斯坦语　　D. 中文

870. 简离开莫尔顿学校时,答应学生们以后每周(　　)到学校给他们上课。

A. 一次　B. 两次　C. 三次　D. 五次

871. 圣·约翰选择简跟他学习时,离他远行的日子只有(　　)时间。

A. 一个月　B. 三个月　C. 六个月　D. 一年

872. 简认为圣·约翰是位耐心、(　　)而又很严格的老师。

A. 聪明　B. 热情　C. 开朗　D. 克制

873. 圣·约翰选择简跟他学习后,他渐渐产生了某种左右简的力量,使简的头脑失去了(　　)。

A. 自由　B. 知觉　C. 意识　D. 想象

874. 简对圣·约翰的评价是(　　)。

A. 他是她暂时的天堂　　B. 他无法让她无动于衷

C. 他让人无法拒绝　　D. 他是一个好人,也是一个伟人

875. (　　)说圣·约翰过去总把简叫作他的第三个妹妹,不过并没有那么待她,应当也吻她。

A. 罗莎蒙德　B. 汉娜　C. 黛安娜　D. 玛丽

876. 开始跟随圣·约翰学习之后，简很多次都希望他像以前那样忽视她，因为(　　)。

A. 她要完成太多的学习任务　B. 他的批评过于严厉

C. 他的要求甚高　D. 她不喜欢受奴役

877. 黛安娜玩笑提议圣·约翰应该给简晚安吻，他(　　)。

A. 假装没有听到　B. 从此再也没有忽略过这一礼节

C. 继续埋头苦读　D. 自责没有公平对待她们

878. 简认为，要达到圣·约翰对她的标准是(　　)。

A. 不可能付诸实现的　B. 一件令人愉快的事情

C. 享受的过程　D. 并不轻松，但可以完成

879. 简为了遗嘱的事情写信给(　　)时问到是否了解罗切斯特先生目前的状况。

A. 费尔法克斯太太　B. 布里格斯先生

C. 里德太太　D. 贝茜

880. 为了了解罗切斯特先生的情况，简写信给(　　)，却两次都没有收到回信。

A. 里德太太　B. 布里格斯先生

C. 费尔法克斯太太　D. 贝茜

881. 简在莫尔顿的时候，每晚一踏进小屋就会惦记(　　)。

A. 罗切斯特先生　B. 圣·约翰

C. 费尔法斯特太太　D. 阿黛勒

882. 跟随圣·约翰学习期间，一个腐朽的恶魔端坐在简的心坎上，吸干了简幸福的甘泉——这就是(　　)。

A. 忧心恶魔　B. 腐朽恶魔　C. 悲伤恶魔　D. 烦心恶魔

883. 跟随圣·约翰学习期间，简很忧心，(　　)。

A. 所以表示不想继续学习　B. 导致她整天无精打采

C. 所以很失望　D. 却没有想到要反抗

884. 夏天就要到了，黛安娜竭力要使简振作起来，说是脸有病容，希望陪她上(　　)去。

A. 草原　B. 海边　C. 森林　D. 花园

885. 收到布里格斯先生公务信的晴朗五月天，黛安娜在客厅(　　)，玛丽在整理园子。

A. 看书　　B. 喝茶　　C. 练习弹唱　　D. 聊天

886. 在幽谷散步时，圣·约翰仰望山隘大声说："我会再看到它的，在梦中，当我睡在恒河旁边的时候……"在简看来，这是一种(　　)。

A. 爱国者对自己祖国的激情　　B. 离别前的不舍

C. 远行的犹豫　　D. 出行前的兴奋

887. 圣·约翰叫简去散步，从厨房门出去，顺着通往(　　)的路走。

A. 大海　　B. 沼泽谷源头　　C. 草原　　D. 学校

888. 简与圣·约翰散步的幽谷，草地上精细地点缀着白色的小花，并闪耀着一种(　　)似的黄花。

A. 宝石　　B. 太阳　　C. 蝴蝶　　D. 星星

889. 圣·约翰告诉简，他将乘坐(　　)开航的船出发。

A. 六月二十日　B. 四月二十日　C. 五月十日　D. 三月十日

890. 圣·约翰与简告别，六周后离开，在(　　)船订了舱位。

A. 哥德堡号　　B. 东印度人号

C. 阿美士德号　　D. 佩德摩斯号

891. 圣·约翰很奇怪人们为什么不渴望参加他的事业，共同服务于尽善尽美的主。简对此的看法是(　　)。

A. 他周围的人不够聪明，不知道弱者应该努力和强者并驾齐驱

B. 不是所有人都具备他那样的毅力

C. 投身这样的事业是没有回报的

D. 这样的事业让人身心疲惫

892. 圣·约翰让简一起去印度，实际是因为他需要一个(　　)。

A. 伴侣和同事　B. 爱人　　C. 家人　　D. 朋友

893. 圣·约翰要求简一起去印度，以他(　　)的身份。

A. 妹妹　　B. 仰慕者　　C. 朋友　　D. 妻子

894. 听到圣·约翰让她一起去印度的要求后，简(　　)。

A. 并没有马上拒绝

B. 请求他的怜悯,认为自己并不适合

C. 觉得受到了主的召唤,欣然接受

D. 转身逃跑

895. 圣·约翰形容自己不过是尘灰草芥,跟(　　)相比自己是最大的罪人。

A. 爱德华　B. 简　C. 圣·保罗　D. 罗切斯特

896. 圣·约翰观察了简十个月,得出的结论是(　　)。

A. 简的身体条件不适合陪他远行

B. 简是协助他印度之行的不二人选

C. 简太过直率

D. 简没有受到主的召唤

897. 圣·约翰看到了(　　)具备的他所追求的一切品格,认为她是一个文雅而又很英勇的人。

A. 罗莎蒙德　B. 玛丽　C. 黛安娜　D. 简

898. 简觉得离开英国就是离开了一块(　　)的土地。

A. 热忱而辽阔　B. 热切而冷清

C. 亲切而空荡　D. 亲近而辽阔

899. 简答应跟随圣·约翰去印度,条件是(　　)。

A. 不和他结婚　B. 成为他的妻子

C. 作为他朋友的副教士　D. 作为他的副教士

900. 圣·约翰希望简作为他的妻子陪同他前往印度共同完成他的事业,简听到求婚后的答复是(　　)。

A. 可以一起去印度,但不是以他妻子的身份

B. 她愿意

C. 她不愿意去印度

D. 她需要得到罗切斯特的允许

901. 圣·约翰告诉简,他将不再说起简同他结婚的事儿,但他会一直注视他的第一个目标——(　　)。

A. 给心灵的软弱者以力量　B. 让受世俗诱惑的人迷途知返

C. 为上帝的荣誉而竭尽全力　D. 为完成使命而奉献一生

902. 圣·约翰用牧师召回迷途羔羊的目光对着简说话时，把手放在了简的(　　)上。

A. 手　　B. 头　　C. 肩膀　　D. 脸颊

903. 为什么简愿意以圣·约翰妻子以外的身份和他一起去印度？因为(　　)。

A. 这样她的责任较轻松

B. 这样虽然她的身体很累，但心灵和思想是自由的

C. 这样她随时可以回头

D. 这样她不会觉得背叛了罗切斯特先生

904. 简为什么无法作为圣·约翰的妻子去印度？因为(　　)。

A. 她仍然离不开罗切斯特先生

B. 这样她会永远受到束缚

C. 他外表过于英俊

D. 他心里只有事业

905. 为什么圣·约翰一定要简作为妻子陪他去印度？因为(　　)。

A. 他深爱着简

B. 他希望简能忘掉罗切斯特先生

C. 妻子的身份能让简更好地辅助他工作

D. 罗莎蒙德使他心灰意冷

906. 散步归来，从圣·约翰铁板一样的沉默中，简清楚地知道了那是一种(　　)的个性。

A. 严苛、霸道　　B. 严格、独断

C. 严厉、专制　　D. 严肃、专政

907. 对于简拒绝嫁给圣·约翰，黛安娜感到(　　)。

A. 惊讶　　B. 惋惜　　C. 生气　　D. 镇静

908. 在与简简单的聊天之后，黛安娜再次真诚地恳求简(　　)同她的兄长出国的一切念头。

A. 同意　　B. 考虑　　C. 选择　　D. 放弃

909. 简为什么拒绝表兄圣·约翰的求婚？因为(　　)。

A. 他过于英俊　　B. 他们并不相爱

C. 他太执着于事业　　D. 他另有爱人

910. 简为什么认为圣·约翰并不爱她？因为(　　)。

A. 他们的外貌太悬殊

B. 他们两人的性格差异很大

C. 圣·约翰说他结婚是为了他的圣职

D. 圣·约翰爱的是罗莎蒙德

911. 圣·约翰在(　　)时的嗓子是最洪亮最动听的。

A. 给家人读书　　B. 向简求婚

C. 和罗莎蒙德说话　　D. 发表上帝的圣谕

912. 当简受到圣·约翰的感化，几乎要答应嫁给他时，简似乎听到了(　　)的召唤。

A. 罗切斯特先生　　B. 上帝

C. 费尔法克斯太太　　D. 母亲

913. 当简几乎要答应圣·约翰的求婚时，她似乎听到了什么，随后(　　)。

A. 简让他离开　　B. 简突然跑了出去

C. 简立刻决定离开沼泽居　　D. 简立刻拒绝了他

914. 六月一日，早晨，满天阴云，凉气袭人，骤雨敲窗。圣·约翰走过花园，朝着(　　)方向走去。

A. 沼泽谷　　B. 莫尔顿　　C. 惠特克劳斯　D. 学校

915. 当简几乎要答应圣·约翰的求婚时，她似乎听到了爱人的召唤，当晚她决定(　　)。

A. 嫁给表兄

B. 第二天动身去了解罗切斯特先生的情况

C. 去印度

D. 嫁给罗切斯特

916. 当简告诉黛安娜和玛丽她要出门几日了解一个朋友的情况，她们(　　)。

A. 担心她身体不适，劝她不要出门

B. 非常好奇，以前她从未提起还有朋友

C. 除了担心她身体以外没有发表任何议论

D. 决定陪她一起外出

917. 再次踏上去桑菲尔德的路途，简有(　　)之感。

A. 信鸽飞回家园　　B. 担忧

C. 迷途知返　　D. 踌躇

918. 离开沼泽居到惠特克劳斯坐马车。简想起一年前的夏夜，她从马车上走下来，就在这个地方——那么凄凉、那么无助、那么(　　)。

A. 热闹　　B. 饥饿　　C. 萧条　　D. 毫无目的

919. 从惠特克劳斯出发到达旅店后，马夫告诉简，从旅店穿过(　　)走两英里就到桑菲尔德。

A. 树林　　B. 田野　　C. 沼泽　　D. 荒原

920. 桑菲尔德附近的景色和莫尔顿相比(　　)。

A. 地形险峻　　B. 无比苍翠　　C. 更加荒凉　　D. 无甚区别

921. 当简从沼泽居回到桑菲尔德府，她看到的是(　　)。

A. 费尔法克斯太太　　B. 等待她的主人

C. 一片焦黑的废墟　　D. 依旧宏伟的府邸

922. 为什么简写信到桑菲尔德府却从来都收不到回信？因为(　　)。

A. 她的主人不愿意回信

B. 罗切斯特先生已经去世了

C. 罗切斯特先生已经离开英格兰了

D. 桑菲尔德府已经被烧成了废墟，人去楼毁

923. 桑菲尔德府为什么成了一片废墟？因为(　　)。

A. 一场火灾　　B. 罗切斯特先生离开了

C. 无人居住　　D. 一场龙卷风

924. 简从桑菲尔德府的废墟回到旅店询问老板，对可能得到的回答怀着一种(　　)。

A. 欣喜感　　B. 恐惧感　　C. 紧张感　　D. 愉悦感

925. 火灾之后的桑菲尔德府(　　)。

A. 勉强可以住人　　B. 只剩下一个空壳

C. 全都倒塌了　　D. 院子里春意盎然

926. 看到桑菲尔德府成为一片废墟之后，简(　　)。

A. 回到之前停留的旅店打听消息

B. 回到沼泽居

C. 嚎啕大哭

D. 决定跟随表兄前往印度

927. 着火时，罗切斯特太太站在城垛上，挥动胳膊，大喊大叫，罗切斯特先生爬上了(　　)。

A. 城垛　　B. 围墙　　C. 天窗　　D. 屋顶

928. 旅店的老管家告诉简，火灾后罗切斯特先生受了重伤，住在(　　)。

A. 唐顿庄园　　B. 芬丁庄园　　C. 盖茨黑德　　D. 桑菲尔德府

929. 简答应驿车送信人肯在天黑前送她到芬丁的话，就会付相当于平常(　　)的价钱。

A. 一倍　　B. 两倍　　C. 三倍　　D. 四倍

930. 告诉简罗切斯特先生住处的是(　　)。

A. 马车夫约翰

B. 罗切斯特先生的管家

C. 罗切斯特先生父亲的老管家

D. 管家约翰

931. 罗切斯特先生的父亲为了(　　)购买下了芬丁庄园。

A. 狩猎　　B. 家人度假　　C. 树林　　D. 钓鱼

932. 简到达芬丁庄园是(　　)。

A. 傍晚落日时　　B. 半夜漆黑之时

C. 天还没黑　　D. 天刚黑之前

933. 罗切斯特先生与简的年龄相差(　　)。

A. 十多岁　　B. 二十多岁　　C. 三十多岁　　D. 不到十岁

934. 桑菲尔德府发生火灾后，费尔法克斯太太(　　)。

A. 留在桑菲尔德府看家

B. 一起去了芬丁庄园

C. 被罗切斯特先生送到她远方的朋友家去了

D. 去世了

935. 简进了芬丁庄园一扇只不过上了闩的门,站在围墙之内的一片空地上,那里的树木呈(　　)展开。

A. 半圆形　　B. 椭圆形　　C. 圆形　　D. 扇形

936. 芬丁庄园给人的感觉(　　)。

A. 和桑菲尔德府一样宏伟　　B. 富丽堂皇

C. 十分荒凉　　D. 很破旧

937. 罗切斯特先生为什么没能及时逃出桑菲尔德府并受了重伤?因为(　　)。

A. 他要与宅子共存亡

B. 他睡前喝醉了

C. 他的房间离大门最远

D. 他要确保所有人离开了屋子才肯下楼

938. (　　)放火烧了桑菲尔德府。

A. 罗切斯特的疯子太太　　B. 罗切斯特

C. 梅森　　D. 普尔太太

939. 桑菲尔德府失火后,阿黛勒(　　)。

A. 留下陪伴着罗切斯特先生　　B. 被罗切斯特先生送进了学校

C. 由费尔法克斯太太照顾　　D. 回到了法国

940. 罗切斯特先生在芬丁庄园过着(　　)一般的生活。

A. 国王　　B. 神仙　　C. 骑士　　D. 隐士

941. 在芬丁庄园陪伴罗切斯特先生的只有(　　)。

A. 老管家　　B. 阿黛勒

C. 老约翰和他妻子　　D. 费尔法克斯太太

942. 简到达芬丁庄园后看到罗切斯特先生在门外,脸上的表情(　　)。

A. 失落而孤独　　B. 绝望而深沉

C. 冷漠而淡然　　D. 平静而忧伤

943．到芬丁庄园的第一天，简决定(　　)。

A．做罗切斯特先生的邻居　　B．再次离开罗切斯特先生

C．当晚在此留宿　　D．劝说罗切斯特先生搬家

944．在芬丁庄园，(　　)一看到简就认出了她，跳起来蹿向她。

A．老约翰　　B．玛丽

C．罗切斯特先生　　D．老狗派洛特

945．简如何在芬丁庄园与罗切斯特先生再次相见？(　　)。

A．简在庄园留宿一夜后第二天早餐时才见到他

B．简一到庄园就让玛丽通报了她的到来

C．简替玛丽送水给罗切斯特先生

D．在庄园门外相遇了

946．在罗切斯特看来，简(　　)的嗓子，是那么活泼、调皮。

A．独特　　B．美妙　　C．非凡　　D．奇异

947．简告诉罗切斯特先生，如果他不同意和她一起生活，她会(　　)。

A．和表兄一起去印度完成艰苦的事业

B．回到沼泽居，直到他愿意再见她

C．恳求做他的护士

D．在芬丁庄园隔壁造一间房子，当罗切斯特先生的邻居

948．与简再次相见时，罗切斯特先生以为(　　)。

A．只是梦境　　B．简已经成了幽灵

C．老狗派洛特认错了人　　D．玛丽假装成简

949．只要简活着，(　　)就不会孤寂了。

A．圣·约翰　　B．玛丽

C．黛安娜　　D．罗切斯特先生

950．罗切斯特先生再见到简，认为简只会对他怀着(　　)般的感情。

A．父亲　　B．兄长　　C．病人　　D．主人

951．简说："只要我还活着，你就不会孤寂。"罗切斯特先生没有回答，似乎很严肃，却散神了，这是为什么？因为(　　)。

A. 他对她只有父亲般的感情了 B. 他觉得他目前的状态配不上简

C. 他已经不爱她了 D. 他知道简答应嫁给圣·约翰了

952. 罗切斯特先生受伤后的模样在简看来(　　)。

A. 有要把他惯坏的危险 B. 恶心

C. 不再是原来的爱人 D. 完全失去了魅力

953. 罗切斯特先生的面孔伤痕累累,脸上有(　　)的伤疤。

A. 木头砸伤 B. 火烫伤 C. 刀刺伤 D. 撞伤

954. 简到芬丁庄园的第一天晚饭后,罗切斯特先生问了简很多问题,而简眼下唯一的目的是使罗切斯特先生(　　)。

A. 安心 B. 信任 C. 高兴 D. 激动

955. 罗切斯特先生渴望得到简,远胜过渴望恢复失去的(　　)。

A. 手臂 B. 腿 C. 视力 D. 面容

956. 到芬丁庄园的第二天一早,见到(　　)让简心酸。

A. 罗切斯特先生为了见她一早起床

B. 罗切斯特先生那么有生气的精神受制于软弱的肉体

C. 罗切斯特先生从不吃晚饭

D. 罗切斯特先生早餐吃得很少

957. 重新回到罗切斯特先生身边,简快活地想着以后的日子有办法让罗切斯特先生急得忘掉忧郁,因为(　　)。

A. 罗切斯特先生很担心简会离开

B. 罗切斯特先生很好奇第二天简会给她做什么早餐

C. 罗切斯特先生很想知道她的房间是否干燥

D. 罗切斯特先生很好奇简前阵子呆的地方是否只有女士

958. 再次见到罗切斯特先生,他的面容令简想起(　　),等待着再度点亮。

A. 一盏熄灭了的灯 B. 被浇灭的火焰

C. 枯萎的树木 D. 凋零的花朵

959. 简领着罗切斯特先生走出芬丁庄园潮湿荒凉的林子,到了田野,在一个隐蔽可爱的地方找了(　　)作为座位。

A. 一个干枯的树桩 B. 一块干净的草地

C. 阴凉的树下　　　　　　D. 苍翠的田野旁

960. 在罗切斯特先生的敦促下,简开始讲述去年的经历,大大淡化了(　　)的情景。

A. 寄信未收到　　　　　　B. 学习印度斯坦语

C. 三天的流浪和挨饿　　　D. 被接纳进沼泽居

961. 罗切斯特先生发现简出走桑菲尔德,(　　)送给简的一根珍珠项链,却原封不动地留在了小盒子里。

A. 坦普尔小姐　B. 简母亲　　C. 海伦　　　D. 罗切斯特

962. 听完罗切斯特先生表示对别人的依赖,简热泪盈眶。他仿佛是被链条锁在栖木上的一头巨鹰,竟不得不企求一只(　　)为它觅食。

A. 鹧鸪　　　B. 麻雀　　　C. 鹌鹑　　　D. 蜂鸟

963. 简告诉罗切斯特先生如何被接纳进沼泽居,如何得到教师的职位,以及获得财产等,随着故事的发展,(　　)的名字频频出现。

A. 圣・约翰　B. 黛安娜　　C. 玛丽　　　D. 小阿黛勒

964. 罗切斯特形容自己褐色的皮肤,宽阔的肩膀,瞎了眼睛,又瘸了腿,简描述他像个(　　)。

A. 铁匠　　　B. 牧师　　　C. 阿波罗　　D. 火神

965. 罗切斯特先生问简是否喜欢圣・约翰,简骗他是,此时(　　)已经攫住了他,刺痛着他。

A. 憎恶　　　B. 厌恶　　　C. 欣赏　　　D. 妒忌

966. 罗切斯特先生描述圣・约翰的外表:没有经验的副牧师,扎着(　　)领巾,穿着厚底高帮靴。

A. 红　　　　B. 蓝　　　　C. 白　　　　D. 黄

967. 罗切斯特先生在与简的聊天中得知圣・约翰要简嫁给他,认为那是(　　)的。

A. 真实　　　B. 虚构　　　C. 虚假　　　D. 荒唐

968. 沼泽居的(　　)既是圣・约翰的书房,也是简她们的书房。

A. 后客厅　　B. 客房　　　C. 书房　　　D. 房间

969. 在发现彼此的表兄妹关系后,简同圣・约翰和他的妹妹们又住了(　　)。

A. 三个月　　B. 四个月　　C. 五个月　　D. 六个月

970. 罗切斯特先生认为自己受伤后不比(　　)好多少。

A. 遭雷击的老七叶树　　B. 受野火焚烧的树林

C. 悬崖峭壁滚落的岩石　　D. 遭蝗虫攻击的麦田

971. 圣・约翰为什么要教简印度斯坦语？因为(　　)。

A. 他打算带简去印度　　B. 简有语言天赋

C. 德语太难了　　D. 他印度斯坦语掌握得很好

972. 简比罗切斯特先生小(　　)岁。

A. 十　　B. 十五　　C. 二十　　D. 二十五

973. 了解了简离开桑菲尔德府后的情况后，罗切斯特先生让简把(　　)别在腰带上。

A. 手表　　B. 手链　　C. 项链　　D. 怀表

974. 在罗切斯特先生领带下面青铜色的脖子上，戴着简的(　　)，作为对她的思念。

A. 贝壳项链　　B. 珍珠项链　　C. 白金项链　　D. 宝石项链

975. 简重回桑菲尔德府后，罗切斯特先生谦恭地恳求救世主赐予他力量，让他从今以后过一种比以往更(　　)的生活。

A. 善良　　B. 纯洁　　C. 朴实　　D. 安康

976. (　　)的个子比罗切斯特先生矮得多，所以罗切斯特挽着她肩膀时，她既做了支撑，又当了向导。

A. 简　　B. 老佣人约翰

C. 费尔法斯特太太　　D. 管家玛丽

977. 简和罗切斯特先生的婚礼不事声张，到场的只有他们两人，(　　)。

A. 还有老狗派洛特　　B. 没有其他人

C. 还有玛丽和老约翰　　D. 还有牧师和教堂执事

978. 管家和她的丈夫都是不大动感情的规矩人，不会被随之而来的好奇唠叨弄得(　　)。

A. 兴奋激动　　B. 大惊小怪　　C. 目瞪口呆　　D. 惊慌失措

979. 老佣人约翰得知简与罗切斯特先生结婚的消息，笑得合不拢嘴。送上祝福后，他很有礼貌地拉了一下自己的(　　)。

A. 前发　B. 衣领　C. 衣摆　D. 袖口

980. 罗切斯特先生要简把(　　)英镑给约翰和玛丽。

A. 一　B. 三　C. 五　D. 七

981. 罗切斯特先生还是幼子的时候，(　　)约翰就认识罗切斯特先生了。

A. 律师　B. 老佣人　C. 牧师　D. 厨师

982. 简从教堂回来，走近芬丁庄园的厨房，玛丽在做饭，约翰在(　　)。

A. 给鸡涂油　B. 烧火　C. 炒菜　D. 擦拭刀具

983. 简认为阿黛勒(　　)，已经报答了简对她的微小帮助。

A. 对简和家人的照料　B. 改掉了法国式的缺陷

C. 去了寄宿学校　D. 非常快乐

984. 结婚后，简的所有时间和精力都用于(　　)。

A. 打理芬丁庄园　B. 学习如何做一个主妇

C. 绘画　D. 陪伴和照顾罗切斯特先生

985. 简写信给沼泽居把结婚的情况告诉了他们，黛安娜和玛丽毫无保留地对此表示(　　)。

A. 反对　B. 怀疑　C. 嫉妒　D. 赞同

986. 罗切斯特先生与简蜜月的(　　)会照耀他们一生，它的光芒只有在进入坟墓才会淡去。

A. 清辉　B. 光华　C. 璀璨　D. 灼日

987. 简去学校看阿黛勒，小阿黛勒一见简便(　　)的情景，着实令简感动。

A. 有点陌生　B. 害羞　C. 喜极而泣　D. 欣喜若狂

988. 简为小阿黛勒选择了一个校规比较(　　)的学校，而且又近家，常常可以探望她。

A. 严格　B. 约束　C. 宽容　D. 传统

989. 小阿黛勒长大后，健全的英国教育很大程度上纠正了她的(　　)缺陷。

A. 法国式　　B. 英国式　　C. 美国式　　D. 欧洲式

990. 圣·约翰在收到简告知已结婚的信六个月后回信。他的信平静而友好,但很(　　)。

A. 古板　　B. 严肃　　C. 庄重　　D. 死板

991. 得知简结婚以后,圣·约翰虽不经常来信,却按时写给简,祝她(　　)。

A. 幸福　　B. 快乐　　C. 康乐　　D. 美好

992. 简结婚后没有继续当阿黛勒的家庭教师,因为(　　)。

A. 简已经没有能力做她的家庭教师

B. 她的时间与精力都用于照顾罗切斯特先生了

C. 阿黛勒不喜欢她的教学

D. 阿黛勒有了新家庭教师

993. 结婚后的(　　),罗切斯特先生的一个眼睛开始慢慢恢复视力。

A. 很快　　B. 第一年　　C. 第二年　　D. 第十年

994. 简与罗切斯特先生结合后的(　　),罗切斯特先生依然失明。

A. 前两年　　B. 前三年　　C. 前五年　　D. 前十年

995. 简从不厌倦(　　),领罗切斯特先生去想去的地方,替他干想干的事。

A. 描绘景色　　B. 做他的支撑

C. 唱歌给他　　D. 读书给他听

996. 结婚第二年年末的早晨,简正由罗切斯特先生口授写信时,罗切斯特先生看到了简脖子里挂的(　　),一件闪光的饰品。

A. 珍珠项链　　B. 贝壳项链　　C. 金项链　　D. 银项链

997. 罗切斯特先生去(　　)看了一位著名的眼科医生,恢复了一只眼的视力,大地不再一片虚空。

A. 巴黎　　B. 爱尔兰　　C. 西班牙　　D. 伦敦

998. 黛安娜的丈夫是个(　　),一个好人。

A. 军官　　B. 医生　　C. 教师　　D. 商人

999. 圣·约翰给了简最后的一封信,催下了简(　　)的眼泪。

A. 感动　　B. 温暖　　C. 无情　　D. 世俗

1000. 玛丽的丈夫是位牧师，她哥哥(　　)里的朋友。

A. 小学　　B. 初中　　C. 高中　　D. 大学

二、多项选择题

140. 罗切斯特先生活着的妻子气质(　　)。

A. 高贵　　B. 平庸　　C. 低下

D. 狭隘　　E. 优雅

141. 罗切斯特认为是(　　)导致当年糊里糊涂地与梅森小姐定下了婚事。

A. 梅森小姐的亲戚们怂恿他

B. 梅森小姐的情敌们激怒他

C. 梅森小姐勾引他

D. 年轻时的好色、鲁莽

E. 年轻时的盲目

142. 以下哪些品质是罗切斯特在他的妻子内心或举止中没有看到的？(　　)。

A. 平庸　　B. 谦逊　　C. 仁慈

D. 坦诚　　E. 高雅

143. 罗切斯特认为他在(　　)中度过了他的少年和成年时期。

A. 肆无忌惮的挥霍　　B. 难以言传的痛苦　　C. 花天酒地的放荡

D. 漫不经心的混迹　　E. 意气消沉的孤独

144. 罗切斯特需要的是简富有(　　)的心灵，而不单是脆弱的躯体。

A. 意志　　B. 活力　　C. 德行

D. 纯洁　　E. 文艺

145. 离开桑菲尔德府的路上，简为什么一面走着一面嚎啕大哭？因为(　　)。

A. 担心罗切斯特先生自暴自弃

B. 她离开了她的主人

C. 内心的疼痛和狂热的恪守原则的过程让简讨厌自己

D. 离家时穿的鞋子已被打湿

E. 离家时没有和阿黛勒告别

146. 简为什么在惠特克劳斯下车？因为(　　)。

A. 她以前来过这里

B. 她身上的钱只够到这个地方的车费

C. 马车夫让她在这里下车

D. 她确信罗切斯特先生在这里没有亲友

E. 简在这里可以找到工作

147. 简在惠特克劳斯附近坐下来时总担心(　　)会发现她。

A. 野兽　　B. 狩猎人　　C. 罗切斯特

D. 偷猎者　　E. 罗切斯特的妻子

148. 简离开桑菲尔德流浪时，身上可以用来换一块面包的是(　　)。

A. 戒指　　B. 围巾　　C. 手套

D. 衣服　　E. 项链

149. 奥利弗先生拥有(　　)厂。

A. 电子　　B. 服装　　C. 缝纫

D. 钢铁　　E. 翻砂

150. 简离开桑菲尔德后在林子里过夜的那个晚上很糟糕，因为(　　)。

A. 休息断断续续　　B. 地面潮湿　　C. 空气寒冷

D. 没有安全感　　E. 得不到清净

151. 简找到沼泽居时看到里面有(　　)。

A. 两个年轻的女子　　B. 火炉　　C. 猎狗

D. 老妇人　　E. 黑猫

152. 以下对惠特克劳斯的描述正确的是(　　)。

A. 它不是一个镇，连乡村都不是

B. 它只是一根白色的石柱，竖在三条路会合的地方

C. 这里荒野幽暗，山峦层叠

D. 这里人口稀少

E. 离这里最近的城镇超过二十英里

153. 离开桑菲尔德流浪时看到橱窗里的面包，简想用(　　)交换。

A. 围巾　　B. 手套　　C. 手提包

D. 耳环　　E. 项链

154. 从惠特克劳斯出发到了村庄后，简(　　)。

A. 打听有没有可以干的工作

B. 绕着村庄漫无目的地转了很久

C. 走进一家店里坐下哭了起来

D. 到教堂找到牧师寻找帮助

E. 试图用围巾换面包

155. 离开桑菲尔德府在外流浪时，简为什么不能心甘情愿饿死？因为(　　)。

A. 罗切斯特先生还活着

B. 死于饥寒是天性不能默认的命运

C. 相信总有一天能回到桑菲尔德府

D. 她相信上帝会帮助她

E. 答应过家人会活下去

156. 以下对沼泽居的描述正确的是(　　)。

A. 有着高而带刺的篱笆

B. 一扇旋转门边有一丛黑黑的灌木

C. 房子的剪影又黑又矮又长

D. 格子小窗带着菱形玻璃

E. 窗子外面长着常青藤之类的植物

157. 为什么说沼泽居内让简更感兴趣的是人？因为(　　)。

A. 屋内的家具过于简陋

B. 这么简陋的厨房里竟然有两个高雅的年轻女子

C. 两位女子翻阅书籍的画面如此静谧

D. 一位长者和两位年轻女子之间的外貌和气质差异太大

E. 他们谈话的内容引起了简的强烈兴趣

158. 以下对圣·约翰两个妹妹的描述不正确的是(　　)。

A. 两人皮肤白皙、身材苗条

B. 两人都很像她们的父亲

C. 黛安娜的浅褐色头发梳成了光光的辫子

D. 黛安娜的深色头发梳成粗厚的发卷

E. 两人都绝顶聪明、很有特征

159. 汉娜为什么拒绝收留简？因为(　　)。

A. 担心简心怀不轨

B. 害怕简有同伙入宅打劫

C. 她要保护两位年轻主人的安全

D. 主人的命令

E. 简没有房子也没有铜子儿

160. 圣·约翰收留简进屋后,(　　)。

A. 黛安娜将食物送到简嘴里

B. 圣·约翰不让简一下子吃太多

C. 简告诉她们她的真名

D. 简无法当晚给他们详细讲述她的具体情况

E. 简就不再觉得自己无家可归了

161. 为什么简在沼泽居昏睡的三天三夜中一感到汉娜进来就会不安？因为(　　)。

A. 汉娜不想多照顾一个人

B. 汉娜对简怀有偏见

C. 简感觉汉娜想让她离开

D. 简不想告诉她们她的境遇

E. 简无法与她沟通

162. 圣·约翰兄妹对简的最初印象是(　　)。

A. 她不是一个没有受过教育的人

B. 从她脸上的线条推测她可能脾气倔强

C. 看上去很聪明,但不漂亮

D. 肯定很轻率

E. 虽然身体不好,面容很精致

163. 圣·约翰先生觉得简是一个(　　)的女士。

A. 善解人意　　B. 聪明　　C. 不漂亮

D. 温柔　　E. 倔强

164. 汉娜起初认为简没有(　　),并把这看作是耻辱,简对此无法认同。

A. 文凭　　B. 房子　　C. 丈夫

D. 铜子儿　　E. 孩子

165. 以下对沼泽居的描述不正确的是(　　)。

A. 圣·约翰住在这里

B. 群山环绕,环境潮湿,不利于健康

C. 汉娜是这里的老佣人

D. 它的老主人死于中风

E. 简在这里居住过

166. 以下对汉娜的描述不正确的是(　　)。

A. 面容长相很土

B. 有点狠心

C. 住在沼泽居二十年了

D. 带大了圣·约翰三兄妹

E. 并不把没钱没房子看成一种耻辱

167. 以下关于圣·约翰先生父亲的描述正确的是(　　)。

A. 睡过去之后没有醒来

B. 他并不太出众,迷恋于打猎、种田等

C. 他爱看书,很有学问

D. 由于信托人破了产,丧失了一大笔钱

E. 给子女留下了丰厚遗产

168. 玛丽和黛安娜在家里的特权是(　　)。

A. 洗衣服　　B. 自己准备饭菜　　C. 待在厨房

D. 烫衣服　　E. 扫地

169. 初到沼泽居时,简觉得圣·约翰先生是一个(　　)的男士。

A. 宽容　　B. 温柔　　C. 冷漠

D. 严厉　　E. 粗鲁

170. 简请圣·约翰先生帮助她找工作,并表示她可以做(　　)的工作。

A. 裁缝　　B. 普通女工　　C. 仆人

D. 教师　　E. 护理女

171. 简在与沼泽居的人们交往中,很愉悦。这种愉悦产生于(　　)。

A. 趣味　　B. 情调　　C. 原则融洽

D. 友爱　　E. 宽容

172. 简喜欢沼泽居,因为在这个(　　)的建筑中找到了巨大的魅力。

A. 灰色　　B. 古老　　C. 可爱

D. 小巧　　E. 大方

173. 圣·约翰大部分时间在走访(　　)。

A. 病人　　B. 乡绅　　C. 贵族

D. 农民　　E. 穷人

174. 奥利弗小姐为孤儿们付了(　　)。

A. 书本费　　B. 教育费　　C. 服装费

D. 住宿费　　E. 食宿费

175. 简做乡村教师需要教授(　　)。

A. 编织　　B. 读写　　C. 缝纫

D. 算术　　E. 画画

176. 读完有关舅舅去世的信后,圣·约翰先生一家面带(　　)的笑容。

A. 温暖　　B. 凄凉　　C. 愉悦

D. 忧郁　　E. 冷漠

177. 莫尔顿学校的教室看上去(　　)。

A. 四壁空空　　B. 破败　　C. 简陋不堪

D. 新颖　　E. 残缺

178. 玛丽和黛安娜离开沼泽居时给简留了(　　)。

A. 颜色盒　B. 油布　C. 铅笔

D. 手套　E. 纸张

179. 简为什么对罗莎蒙德小姐赞叹不已？因为(　　)。

A. 她美妙绝伦的面孔

B. 合在一起构成理想美的优点都属于她

C. 她拥有天生的优美姿态

D. 不因有钱而自鸣得意

E. 使人留下难以泯灭的印象

180. 对莫尔顿乡村学校的学生描述正确的是(　　)。

A. 个个呆头呆脑

B. 神态迟钝的乡巴佬

C. 很多人亲切可爱有礼貌

D. 有些姑娘头脑机灵

E. 不少人进步很快

181. 对莫尔顿乡村学校的学生描述不正确的是(　　)。

A. 简喜欢其中一些最好的姑娘

B. 所有人都保持自身清洁,准时完成作业

C. 个个都是迟钝的乡巴佬

D. 有些姑娘头脑聪明

E. 学生之间有差别

182. 关于奥利弗小姐的描述不正确的是(　　)。

A. 她资助了乡村学校的孩子们

B. 她性格鲜明,脾气不好

C. 家境富裕,很刁蛮

D. 她很漂亮,脾气也很好

E. 爱着圣·约翰

183. 关于奥利弗小姐的性格描述正确的是(　　)。

A. 爱卖弄风情　B. 苛刻　C. 性子急

D. 脾气好　E. 装腔作势

184. 见到罗莎蒙德小姐,圣·约翰总是(　　)。

A. 脸上灼灼生光

B. 流露出难以压抑的热情

C. 会颤抖起来,却是因为蔑视自己的弱点

D. 变得更加冷漠

E. 无视她

185. 简发现圣·约翰是一位(　　)的老师。

A. 耐心　　B. 严格　　C. 苛刻

D. 严肃　　E. 克制

186. 黛安娜提议让圣·约翰对简不要忽略晚安吻的礼节,而他的这个晚安吻让简感觉是(　　)。

A. 金属一般　　B. 大理石的感觉　　C. 冰吻

D. 实验性的　　E. 贴在镣铐上的封条

187. 简每天都希望更讨圣·约翰的喜欢,但是这么一来,简必须(　　)。

A. 抛却一半的个性

B. 窒息一半的官能

C. 改变原有的情趣

D. 强迫从事自己缺乏禀性完成的事业

E. 改变自己所有的习惯

188. 简思念着罗切斯特先生,那名字不是(　　)。

A. 刻在大理石上的碑文

B. 阳光就能驱散的雾气

C. 冰雪消融就能化掉的雪人

D. 风暴便可吹没的沙造人像

E. 屋檐都留不住的雨水

189. 简写信给(　　)探询罗切斯特先生的情况。

A. 布里格斯先生　　B. 里德太太　　C. 费尔法克斯太太

D. 艾博特小姐　　E. 罗切斯特先生

190. 简同圣·约翰去幽谷散步,微风从西面吹来,飘过山峦,带来

了(　　)的芳香。

A. 溪流　　B. 草地　　C. 白色小花

D. 欧世南　　E. 灯芯草

191. 简与圣·约翰去幽谷散步,往前走着离开了小径,踏上了一块(　　)的柔软草地。

A. 细如苔藓

B. 青如绿宝石

C. 点缀着小白花

D. 闪耀着星星似的黄花

E. 月光洒落

192. 圣·约翰形容简是一个(　　)的人。

A. 温顺而又勤奋　　B. 文雅而又英勇　　C. 坚定而又勇敢

D. 孜孜不倦　　E. 个性不可动摇

193. 圣·约翰为什么认为简是陪伴他到印度的最佳人选?因为(　　)。

A. 简能够按时而诚实地完成不合她习惯和心意的工作

B. 钱财对简没有过分的吸引力

C. 她有一个为牺牲而狂喜不已的心灵

D. 简具有孜孜不倦、刻苦勤奋的精神

E. 简具有对待困难永不衰竭的活力和不可动摇的个性

194. 圣·约翰希望陪同他一起到印度完成事业的人有什么样的品格?(　　)。

A. 温顺　　B. 勤奋　　C. 无私

D. 忠心　　E. 坚定

195. 为什么圣·约翰一定要以夫妻的名义和简一起到印度?因为(　　)。

A. 他深爱着简

B. 简不是他亲妹妹,无法以兄妹身份一同前往印度

C. 妻子的身份可以让简一直在他身边和他共同完成他的事业

D. 这样简就不会再回到罗切斯特先生身边

E. 简希望永远留在他身边

196. 在简看来，做圣·约翰的妻子，就必须(　　)。

A. 永远受到束缚

B. 永远在圣·约翰身边

C. 永远需要克制

D. 永远被禁锢

E. 永远被摧残

197. 被拒绝后，圣·约翰完全以平常的态度，或者说最近习以为常的态度与简讲话，后来表明(　　)在这两点上简都错了。

A. 认为圣·约翰会把简以妹妹的身份带去印度

B. 圣·约翰不会同简说话了

C. 以为圣·约翰会为此转变

D. 确信圣·约翰已经放弃了婚姻计划

E. 认为圣·约翰不再为了圣职而坚持

198. 从惠特克劳斯到桑菲尔德府三十六小时的旅程后，简停在了一家旅店。旅店坐落在(　　)之中。这番景色映入眼帘，犹如一位一度熟悉的人的面容。

A. 低矮的放牧小山　B. 苍翠的荒原　C. 绿色的树篱

D. 高耸的山林　E. 宽阔的田野

199. 罗切斯特先生不像有些人那样热衷于(　　)，他也不怎么漂亮，但他有着男人特有的勇气和意志力。

A. 赌博　B. 钓鱼　C. 饮酒

D. 玩牌　E. 赛马

200. 简来到芬丁庄园，是一个(　　)的黄昏。

A. 阴霾满天　B. 冷风呼呼　C. 云雾厚重

D. 连绵细雨　E. 夜幕笼罩

三、判断题

199. 简在见过罗切斯特的妻子后一整天都在自己房间里没出来。(　)

200. 简在罗切斯特说出有关他的婚姻一切的当天，就在心里宽恕了他。（ ）

201. 简得知罗切斯特有一个活着的妻子后，并没有任何责备和尖刻、辛辣的言辞。（ ）

202. 罗切斯特打算把他的妻子送到芬丁庄园，那里潮湿的墙壁可能会很快让她这个包袱从罗切斯特肩上卸下。（ ）

203. 简认为罗切斯特对他的妻子实在冷酷无情。（ ）

204. 罗切斯特恨他的妻子是因为他的妻子疯了。（ ）

205. 罗切斯特曾想关闭桑菲尔德府，留下他的妻子一个人在里面自生自灭，而他和简一起离开。（ ）

206. 罗切斯特认为自己是个脾气温和的人。（ ）

207. 罗切斯特有一个哥哥叫罗兰。（ ）

208. 罗切斯特的父亲当初决定把财产留给罗切斯特。（ ）

209. 罗切斯特在和伯莎·梅森结婚前很少单独见她。（ ）

210. 罗切斯特的父亲和哥哥当年并不知道梅森小姐她们一家的情况。（ ）

211. 伯莎·梅森比罗切斯特大五岁。（ ）

212. 梅森小姐是个美人，有布兰奇·英格拉姆的派头，身材高大，皮肤黝黑。（ ）

213. 面对发疯尖叫的妻子，罗切斯特曾想过自杀，但很快放弃了。（ ）

214. 费尔法克斯太太也知道三楼关着的女疯子是罗切斯特的妻子。（ ）

215. 罗切斯特相信他能找到一个愿意并理解他的处境，能够接纳他的女人。（ ）

216. 简离开桑菲尔德时带走了罗切斯特几天前硬要她收下的珍珠项链。（ ）

217. 简离开桑菲尔德时罗切斯特还醒着，没有睡着。（ ）

218. 简离开桑菲尔德时和罗切斯特告别了。（ ）

219. 简离开桑菲尔德府后在惠特克劳斯下了马车，这是一个小

镇。(　)

220. 简离开桑菲尔德府后在惠特克劳斯下了马车,这是一个村庄。(　)

221. 简离开桑菲尔德府后在惠特克劳斯下了马车,这不过是根黑色的柱子。(　)

222. 简离开桑菲尔德府后在惠特克劳斯下了马车。惠特克劳斯顶上是四个指路标。(　)

223. 简离开桑菲尔德府后,在惠特克劳斯徘徊,却不希望有人看见她在路标下徘徊迷茫的样子。(　)

224. 简在欧石南丛里睡了一晚后再次来到惠特克劳斯,并选了一条背阳的路前进。(　)

225. 简离开桑菲尔德府后,曾经因为饥饿试图用围巾、手套等与人交换食物。(　)

226. 当简来到牧师的家试图寻找帮助时,圣·约翰先生因为父亲突然去世而去沼泽居了。(　)

227. 当圣·约翰先生看到简躺在沼泽居门口时,把她放了进去。(　)

228. 当佣人汉娜看到简躺在沼泽居门口时,把她放了进去。(　)

229. 离开桑菲尔德流浪时,简被问到"之前是否也讨过饭"时,心里一时很生气。(　)

230. 离开桑菲尔德流浪时,面包店老板娘同意用面包与简交换围巾和手套。(　)

231. 简在沼泽和山脊之中看到沼泽居的烛光时,起初还以为是看到了"鬼火"。(　)

232. 简从沼泽居窗户里看到两个高雅的女子穿着丧服。(　)

233. 玛丽和黛安娜在自学德语。(　)

234. 玛丽梦想着以后能教德语。(　)

235. 汉娜是沼泽居的老仆人。(　)

236. 在简看来,玛丽和黛安娜两人都皮肤白皙,身材苗条,都绝顶聪明。(　)

237. 简在沼泽居里化名简·爱略特。(　)

238. 圣·约翰先生最后收留了简住宿。(　)

239. 简到沼泽居后昏睡不醒,是由于长期疲劳过度。(　)

240. 简在沼泽居窗口时,屋内两位姐妹的外表和谈话引起她强烈的兴趣,竟然让她一时差不多忘记了自己的痛苦处境。(　)

241. 圣·约翰先生初见简时,对她的评价是看上去很聪明,但一点也不漂亮。(　)

242. 沼泽居的老仆人汉娜很健谈。(　)

243. 汉娜将简拒之门外,是因为担心她是坏人。(　)

244. 圣·约翰先生是个牧师,住在莫尔顿。(　)

245. 圣·约翰先生和两个妹妹都是汉娜带大的。(　)

246. 简和玛丽、黛安娜相处融洽,观点相合。(　)

247. 简认为,在她和玛丽还有黛安娜三人中,黛安娜是更出色者,也是领袖。(　)

248. 圣·约翰先生享受到每个虔诚的基督徒应得的报酬。(　)

249. 圣·约翰先生在为简介绍教师工作前已经为女孩子开设过一所学校。(　)

250. 约翰舅舅和黛安娜、玛丽、圣·约翰经常见面。(　)

251. 约翰舅舅留给黛安娜、玛丽、圣·约翰每人一千英镑。(　)

252. 莫尔顿村校招收的二十个学生都很乖巧伶俐。(　)

253. 简在莫尔顿村校教书的第一天很开心。(　)

254. 简在莫尔顿村校教书的第一天想到了罗切斯特先生。(　)

255. 简在莫尔顿村校教书的第一天,圣·约翰去找了她。(　)

256. 圣·约翰的父亲很赞成圣·约翰当一个传教士。(　)

257. 圣·约翰在一见到罗莎蒙德,心情立马愉悦起来。(　)

258. 罗莎蒙德邀请圣·约翰去她家,圣·约翰接受了。(　)

259. 简在莫尔顿村校的生活步入正轨后,晚上会经常梦到罗切斯特先生。(　)

260. 简的叔父,住在马德拉群岛的爱先生去世后财产全都留给了圣·约翰。(　)

261. 圣·约翰先生与简同姓。( )

262. 简为罗莎蒙德和她父亲画了一张速写画。( )

263. 简感冒告假在家,圣·约翰的妹妹们代替她去了莫尔顿。( )

264. 天气恶劣时,圣·约翰的妹妹们会劝简不要去学校,而圣·约翰必定会鼓动简不顾天气去完成使命。( )

265. 简告假在家,圣·约翰要简放弃德语,与他一起学习印度斯坦语。( )

266. 无论何时,如果简坚忍不拔,圣·约翰会特别恼火,反之,则为之高兴。( )

267. 圣·约翰是个急躁、放纵而又宽容的老师。( )

268. 到了就寝时间,戴安娜说圣·约翰过去总把简当作是第三个妹妹,也应当亲吻她。不过最终还是没有,只是把手伸给了简。( )

269. 简每天都更希望讨圣·约翰的喜欢,却必须抛却一半的个性,才可能达到她无法企及的高度。( )

270. 为了打探罗切斯特先生的消息,简写了信并很快收到了回信。( )

271. 夏天就要到了,黛安娜邀请简去海边郊游。( )

272. 收到布里格斯先生来信的五月天,简情绪崩溃,因为久盼的消息终于来了。( )

273. 圣·约翰认为他周围的人都渴望投向同一面旗帜,参加同一项事业( )

274. 简认为弱者希望同强者并驾齐驱是十分聪明的做法。( )

275. 圣·约翰认为:谦卑,是基督美德的基础。( )

276. 在乡村学校,简按时完成了不合习惯和心意的工作。这是她发挥自己的能力和机智去完成的。( )

277. 简对待困难有永不衰竭的活力和不可动摇的个性。( )

278. 简与圣·约翰坐在欧石南岸边聊天,设想自己是圣·约翰的妻子,内心的回答却是"绝对不行"。( )

279. 简愿意作为圣·约翰的妻子前往印度,而不是妹妹或牧师的

身份。(　)

280. 因为圣·约翰是个虔诚的基督教徒,才有耐心忍住了简的执拗。(　)

281. 圣·约翰与简在荒原上吵架后,对简非常冷落。简为此很难受,因为她非常看重他们之间的友谊。(　)

282. 简去桑菲尔德府寻找罗切斯特先生,却看到府邸一片废墟,人去楼空。(　)

283. 把桑菲尔德府彻底烧毁的火灾是在深夜发生的。(　)

284. 通过与桑菲尔德府老管家的对话,简得知罗切斯特先生在火灾后安然无恙住在了庄园里。(　)

285. 简看到了罗切斯特先生截肢的胳膊和伤痕累累的面容觉得很恶心。(　)

286. 再次回到桑菲尔德府,简与罗切斯特先生共进晚餐并与玛丽愉悦地聊天。(　)

287. 简离开桑菲尔德府时没有带走任何东西,珍珠项链也留在了小盒子里。(　)

288. 简叙述离开桑菲尔德府后的经历,几乎没有提及三天的挨饿和流浪情景。(　)

289. 圣·约翰在简的想象与描述下是一个高个子、蓝眼睛、白皮肤、鼻梁笔挺的阿波罗形象。(　)

290. 圣·约翰不止教简印度斯坦语,也教了他两个妹妹。(　)

291. 遭受火灾受伤后,罗切斯特先生自拟为遭雷击的老七叶树,满是残枝。(　)

292. 罗切斯特先生选择最爱他的人——简作为他的妻子。(　)

293. 遭受火灾受伤后,罗切斯特先生喜欢有佣人服侍他,不喜欢孤独的感觉。(　)

294. 管家玛丽和她丈夫在得知罗切斯特和简结婚这一惊人消息时,兴奋无比,令旁人的耳朵感到因尖叫刺痛的危险。(　)

295. 管家玛丽夫妻很赞赏简,觉得她比任何一个阔小姐更配得上罗切斯特先生。(　)

296. 黛安娜和玛丽在沼泽居得知简结婚的消息,很不赞同。(　)

297. 小阿黛勒在罗切斯特先生与简结婚后得到了更好的安顿。(　)

298. 简与罗切斯特先生婚后生活幸福美满,溢于言表。(　)

299. 简和罗切斯特先生结合两年后,罗切斯特恢复了双眼的视力。(　)

300. 圣·约翰最终离开英国去了印度并结婚了。(　)

参考答案

一、单项选择题

644. A **645**. B **646**. D **647**. A **648**. A **649**. D **650**. D **651**. A
652. B **653**. C **654**. D **655**. D **656**. A **657**. C **658**. A **659**. A
660. B **661**. A **662**. C **663**. B **664**. A **665**. B **666**. A **667**. D
668. A **669**. B **670**. C **671**. B **672**. C **673**. D **674**. B **675**. A
676. B **677**. D **678**. D **679**. B **680**. A **681**. B **682**. A **683**. D
684. A **685**. A **686**. D **687**. A **688**. C **689**. C **690**. B **691**. D
692. D **693**. D **694**. A **695**. B **696**. D **697**. D **698**. A **699**. A
700. C **701**. A **702**. A **703**. C **704**. B **705**. D **706**. A **707**. B
708. C **709**. A **710**. B **711**. C **712**. A **713**. B **714**. D **715**. C
716. A **717**. D **718**. A **719**. A **720**. B **721**. C **722**. C **723**. A
724. B **725**. C **726**. D **727**. B **728**. C **729**. B **730**. A **731**. C
732. B **733**. D **734**. B **735**. A **736**. D **737**. C **738**. A **739**. C
740. B **741**. A **742**. A **743**. A **744**. D **745**. B **746**. B **747**. B
748. C **749**. D **750**. C **751**. B **752**. B **753**. C **754**. A **755**. A
756. B **757**. A **758**. B **759**. A **760**. B **761**. A **762**. D **763**. A
764. D **765**. B **766**. A **767**. B **768**. A **769**. B **770**. B **771**. A
772. A **773**. A **774**. B **775**. B **776**. A **777**. C **778**. D **779**. B
780. C **781**. C **782**. B **783**. A **784**. D **785**. A **786**. B **787**. A
788. B **789**. D **790**. A **791**. D **792**. A **793**. C **794**. D **795**. A
796. A **797**. B **798**. C **799**. C **800**. A **801**. D **802**. C **803**. D

804. C **805**. A **806**. D **807**. A **808**. D **809**. B **810**. A **811**. A

812. B **813**. C **814**. B **815**. B **816**. C **817**. B **818**. A **819**. A

820. D **821**. A **822**. C **823**. B **824**. C **825**. A **826**. A **827**. C

828. B **829**. B **830**. A **831**. D **832**. C **833**. D **834**. B **835**. C

836. A **837**. A **838**. A **839**. A **840**. A **841**. B **842**. B **843**. D

844. C **845**. B **846**. B **847**. A **848**. A **849**. D **850**. A **851**. C

852. D **853**. C **854**. A **855**. B **856**. B **857**. B **858**. A **859**. B

860. A **861**. B **862**. A **863**. A **864**. C **865**. C **866**. B **867**. A

868. B **869**. C **870**. A **871**. B **872**. D **873**. A **874**. D **875**. C

876. D **877**. B **878**. A **879**. B **880**. C **881**. A **882**. A **883**. D

884. B **885**. C **886**. A **887**. B **888**. D **889**. A **890**. B **891**. B

892. A **893**. D **894**. B **895**. C **896**. B **897**. D **898**. C **899**. A

900. A **901**. C **902**. B **903**. B **904**. B **905**. C **906**. C **907**. A

908. D **909**. B **910**. C **911**. D **912**. A **913**. A **914**. C **915**. B

916. C **917**. A **918**. D **919**. B **920**. B **921**. C **922**. D **923**. A

924. B **925**. C **926**. A **927**. D **928**. B **929**. B **930**. C **931**. A

932. D **933**. B **934**. C **935**. A **936**. C **937**. D **938**. A **939**. B

940. D **941**. C **942**. B **943**. C **944**. D **945**. C **946**. A **947**. D

948. A **949**. D **950**. A **951**. B **952**. A **953**. B **954**. C **955**. C

956. B **957**. D **958**. A **959**. A **960**. C **961**. D **962**. B **963**. A

964. D **965**. D **966**. C **967**. B **968**. A **969**. C **970**. A **971**. A

972. C **973**. A **974**. B **975**. B **976**. A **977**. D **978**. C **979**. A

980. C **981**. B **982**. D **983**. A **984**. D **985**. D **986**. A **987**. D

988. C **989**. A **990**. B **991**. B **992**. B **993**. C **994**. A **995**. D

996. C **997**. D **998**. A **999**. D **1000**. D

二、多项选择题

140. BCD **141**. ABCDE **142**. BCDE **143**. BD **144**. ABCD

145. ABC **146**. BCD **147**. ABD **148**. BC **149**. CE

150. ABCDE **151**. ABCDE **152**. ACD **153**. AB **154**. ABE

155. AB **156**. ABCDE **157**. BCDE **158**. BC **159**. ABC

160. ABDE **161**. BC **162**. ABC **163**. BCE **164**. BD
165. AB **166**. CE **167**. ABD **168**. BC **169**. CD
170. ABCE **171**. ABC **172**. ABD **173**. AE **174**. BC
175. ABCD **176**. BD **177**. AC **178**. ACE **179**. ABCD
180. CDE **181**. BC **182**. BC **183**. ABCD **184**. ABC
185. ABE **186**. BCDE **187**. ABCD **188**. BD **189**. AC
190. DE **191**. ABCD **192**. ABCDE **193**. ABCDE **194**. ABCDE
195. BC **196**. ABC **197**. BD **198**. ACE **199**. CDE
200. ABC

三、判断题

199. 错 **200**. 对 **201**. 对 **202**. 错 **203**. 对 **204**. 错 **205**. 错
206. 错 **207**. 对 **208**. 错 **209**. 对 **210**. 错 **211**. 对 **212**. 对
213. 对 **214**. 错 **215**. 对 **216**. 错 **217**. 对 **218**. 错 **219**. 错
220. 错 **221**. 错 **222**. 对 **223**. 对 **224**. 对 **225**. 对 **226**. 对
227. 对 **228**. 错 **229**. 对 **230**. 错 **231**. 对 **232**. 对 **233**. 对
234. 对 **235**. 对 **236**. 对 **237**. 对 **238**. 对 **239**. 对 **240**. 对
241. 对 **242**. 对 **243**. 对 **244**. 对 **245**. 对 **246**. 对 **247**. 对
248. 错 **249**. 错 **250**. 错 **251**. 错 **252**. 错 **253**. 错 **254**. 对
255. 对 **256**. 错 **257**. 错 **258**. 错 **259**. 对 **260**. 错 **261**. 对
262. 错 **263**. 对 **264**. 对 **265**. 对 **266**. 错 **267**. 错 **268**. 错
269. 对 **270**. 错 **271**. 对 **272**. 错 **273**. 错 **274**. 错 **275**. 对
276. 对 **277**. 对 **278**. 对 **279**. 错 **280**. 对 **281**. 对 **282**. 对
283. 对 **284**. 错 **285**. 错 **286**. 错 **287**. 对 **288**. 对 **289**. 对
290. 错 **291**. 对 **292**. 对 **293**. 错 **294**. 错 **295**. 对 **296**. 错
297. 对 **298**. 对 **299**. 错 **300**. 错